Nicole Winkelhöfer

Irischer Sommer

Jeder Schatten auf meinem Weg zeigt: Da ist Licht…

BRUNNEN

VERLAG GIESSEN · BASEL

ABCteam-Bücher erscheinen in folgenden Verlagen:
Aussaat Verlag Neukirchen-Vluyn
R. Brockhaus Verlag Wuppertal und Zürich
Brunnen Verlag Gießen und Basel
Christliches Verlagshaus Stuttgart
Oncken Verlag Wuppertal und Kassel

© 1999 Brunnen Verlag Gießen
Umschlagmotiv: Thomas Vogler
Umschlaggestaltung: Ralf Simon
Satz: DTP Brunnen
Herstellung: Ebner Ulm
ISBN 3-7655-1637-6

Für meine Eltern

Fügung und Führung setzen ein,
wenn eine Gewißheit da ist.
An ihr befestigen sie sich,
und langsam unterliegt unser Leben
einem verborgenen Plan.
Wir brauchen ihn nicht zu kennen;
er setzt sich durch,
insofern wir gehorsam sind.

Reinhold Schneider

I

Lange verstand ich nicht, wenn Kathy zu mir sagte: „Es würde dir gut tun, wenn du mal die alte Dame von White Shamrock kennenlernen würdest." Und als sie es schließlich einige Male gesagt hatte, wurde ich sogar ärgerlich. Was nützte mir eine solche Bemerkung, wenn sie keine Begegnung herbeiführte? Ich konnte ja nicht gut zu dieser Dame hingehen und sagen: „Hier bin ich!"

„Warum nicht?" entgegnete Kathy, und ich konnte nur den Kopf schütteln. Außerdem hatte ich gar kein Interesse daran, irgend jemanden kennenzulernen. Schließlich war ich gekommen, um Ruhe und Abstand zu gewinnen und meinen inneren Frieden wiederzufinden.

Damals sah ich es als Zufall, als mich der Beamte auf der Post freundlich bat, ob ich nicht einen Brief für die alte Dame von White Shamrock mitnehmen könnte; es sei für mich ja nur ein kleiner Umweg.

Ich spürte, wie ich aufbrausen, ihn als unverschämt bezeichnen wollte. Aber irgend etwas hielt mich davon zurück. Und so nickte ich nur und nahm den dicken Briefumschlag an mich.

Es war kein kleiner Umweg. Vor allem führte mich mein Auftrag in eine Gegend von Cobh, die ich noch nicht kannte. Mit jedem Schritt, den ich tat, verspürte ich eine steigende Neugierde und Unruhe. Kathys Worte wiederholten sich immer wieder in mir: „Es würde dir guttun, wenn du mal die alte Dame von White Shamrock kennenlernen würdest."

Schließlich stand ich vor dem Haus. „White Shamrock" war auf einer Steintafel zu lesen: „Weißes Kleeblatt". Es war ein kleines typisch irisches Cottage, ein Steinhaus mit reetgedecktem Dach. Der kleine Garten war mit niedrigen Steinwällen umgeben, die Blumenbeete mit Steinen eingefaßt. Eine Klingel gab es nicht. So klopfte ich mit dem Kleeblatt, das in einem Ring an der Tür befestigt war. Es dauerte nicht lange, bis eine Frau mit schneeweißer Schürze öffnete.

Ich teilte ihr mein Anliegen mit und wollte den Briefumschlag überreichen. Aber sie nahm ihn nicht an, sondern trat zur Seite und bat mich ins Haus.

„Mrs. O'Rourke wartet schon auf den Brief."

Ich stutzte. Auf dem Brief hatte ein anderer Name gestanden – „Lacy". Aber ich hatte keine Gelegenheit, den vermeintlichen Irrtum aufzuklären, denn die Frau war schon vorausgeeilt und winkte mir nachzukommen.

Sie führte mich in das Wohnzimmer, einen hellen, freundlichen Raum, dessen große Fensterfront den Blick auf das Meer freigab. In einem Sessel vor diesem Fenster saß eine ältere Dame. Sie hielt ein Buch in ihren Händen, das sie sofort niederlegte, als ihre Haushälterin vor sie trat. Ich verstand nicht, was sie ihr sagte. Aber die Frau in dem Sessel erklärte sofort: „Ja, sie soll zu mir kommen."

Einen Augenblick später stand ich vor ihr, und sie reichte mir lächelnd die Hand.

„Hat der alte Mike wieder keine Lust gehabt, den Weg nach White Shamrock unter seine Füße zu nehmen?"

„Ach, das passiert öfter?"

„Eigentlich nicht, denn er weiß, daß er etwas versäumt, wenn er nicht kommt. Zum Beispiel die Tasse Tee, zu der ich Sie auch einladen möchte."

Ich wollte ablehnen, aber ich kam nicht dazu. Nancy war schon hinausgegangen.

„Sie haben einen wunderschönen Blick von hier aus", sagte ich und trat noch etwas näher an das Fenster. Groß und weit lag das Meer dort unten. Die in Irland seltenen Sonnenstrahlen reflektierten auf dem Wasser und ließen es in geheimnisvollem Glitzern erstrahlen.

„Sie lieben das Meer", stellte sie fest.

„O ja. Diese Weite und Unendlichkeit tut gut. Es weckt eine Sehnsucht, die erahnen läßt, daß es ein Mehr gibt …"

„Diese Sehnsucht ist auch in uns."

„Aber das ist eine Sehnsucht, die weh tut, weil sie eingesperrt ist und sich nicht befreien kann und nicht weitergeht als bis …" Erschrocken hielt ich inne. Was redete ich denn da? Wie kam ich dazu, dieser Frau solche Dinge zu sagen? Unsicher sah ich sie an und begegnete einem Blick, der eine solche Wärme und ein solches Verständnis ausdrückte, daß ich plötzlich so etwas wie Geborgenheit empfand.

„Kommen Sie, setzen Sie sich", sagte sie ruhig. „Nancy wird den Tee gleich bringen … Sie sind nicht von hier", stellte sie fest.

„Nein. Mein Name ist Rebecca Wirringer. Ich komme aus Deutschland."

„Sie machen keinen Urlaub in Cobh."

„Nein", gab ich zu, „so kann man das nicht nennen." Ich zögerte einen Augenblick, sagte dann nur: „Ich bin zu Besuch bei meiner Freundin Katherine O'Donnell."

Ich blieb ungefähr eine halbe Stunde; wir tranken Tee und unterhielten uns. Später mußte ich eingestehen, daß nichts in diesem Gespräch oberflächlich oder banal gewesen war. Ich selbst mußte oft aufpassen, um nichts von mir preiszugeben, was eigentlich so gar nicht meine Art war. Sicher lag es daran, daß ich mich in der Gegenwart dieses Menschen wohl fühlte.

Als sie mir zum Abschied die Hand reichte, bat sie mich, wiederzukommen.

„Ich muß sehen, ob es geht", meinte ich ausweichend, aber ich wußte schon, daß ich es auf jeden Fall versuchen würde.

2

Ich hatte keine Gelegenheit, Kathy von dieser Begegnung zu erzählen. Sie kam erst spät am Abend zurück, und gleich am nächsten Morgen fuhr sie mit Steve im Auftrag ihrer Zeitung für eine Woche nach London. Der Gedanke, acht Tage alleine zu sein, war mir sehr sympathisch. Ich mochte Kathy und auch ihren Mann sehr, war schon viele Jahre mit ihnen befreundet, vor allem mit Kathy. Aber im Moment war es mir schwer, mich auf ihr Temperament einzulassen; und manchmal ertappte ich mich auch dabei, wie ich sie um ihr Glück mit Steve beneidete. Vielleicht würde mir die Woche Alleinsein helfen, mit manchem Vergangenen ins reine zu kommen.

Aber schon nach wenigen Stunden hielt ich es im Haus nicht mehr aus. Die Decke fiel mir auf den Kopf. Ich fühlte mich wie eine Gefangene in diesem Haus, in dem ich spontan und mit herzlicher Liebe aufgenommen worden war.

Ich machte lange Spaziergänge; meist führten sie mich zum Meer hinunter. Da gab es eine wunderschöne felsige Stelle, die ich nach einem längeren Weg am Kai entlang erreichen konnte. Ich hatte ja Zeit. Niemand wartete auf mich. Und so saß ich oft stundenlang auf einem Felsen und sah auf das Meer hinaus. Die Erinnerungen holten mich ein, und ich glaubte, wenn ich mich ihnen aussetzte – ihnen und dem Schmerz, den sie hervorrufen –, dann könnte ich sie am schnellsten bewältigen und vergessen. Ich ließ auch die Sehnsucht zu, die das weite, unendliche Meer in mir hervorrief, und spürte den Wunsch, fortzugehen ... weit fortzugehen an einen Ort, an dem es keine Erinnerungen gab.

In meine Erinnerungen schlich sich immer wieder das Bild der alten Dame von White Shamrock. Ich sah sie, wie sie in ihrem großen Sessel saß, ihre roten Haare mit nur wenigen grauen Fäden durchzogen, ihr Gesicht Güte und Zufriedenheit ausstrahlend, ihre grünen Augen Wärme und Verständnis schenkend. Ich hörte ihre klare Stimme und ihre Worte. „Diese Sehnsucht ist auch in uns ..." Ich fühlte mich angezogen von diesem Menschen und empfand tief das Bedürfnis, sie wieder aufzusuchen. Hatte sie mich nicht sogar dazu aufgefordert? Es war absurd, aber ich suchte nach irgendeinem Grund, wieder den Weg nach White Shamrock gehen zu müssen.

Diesen Grund fand ich nicht. Und so ging ich schließlich zur Post, um mir Briefmarken zu holen, die ich nicht brauchte. Dabei fragte ich, ob Post vorliege für die alte Dame, ich könnte sie mitnehmen. Mein Herz klopfte.

Der alte Mike zwinkerte mir zu. „Na, junge Frau, Sie wollen mich wohl um meinen Whis …" Er hustete verlegen. „Um meinen Tee bringen?"

„Nein, nein, ich dachte nur … weil ich doch sowieso in die Richtung gehe."

Er hatte tatsächlich ein paar Briefe – und ich meinen Grund, nach White Shamrock zu gehen.

Die alte Dame zeigte ihre Freude, daß ich kam, und lud mich sofort zu einer Tasse Tee ein. Wie ein Magnet zog mich wieder die Aussicht auf das Meer an. Fasziniert sah ich hinaus.

„Sie haben eine wunderschöne Aussicht", sagte ich. „Wohnen Sie schon lange hier?"

Sie gab keine Antwort. Ich wandte mich um und sah sie fragend an.

„Entschuldigen Sie", lächelte die alte Dame, „haben Sie etwas gesagt?"

„Ja, ob Sie schon lange hier wohnen?"

„O ja, es sind sicher schon fünfzehn Jahre. Einen echten Iren zieht es immer wieder in seine Heimat zurück."

Ich wandte mich wieder ab und sah auf das Meer hinaus. Heute schien die Sonne nicht. Dicke Wolken ballten sich am Himmel zusammen, verhießen den so unvermeidlichen irischen Regen.

„Sie sind nicht glücklich."

Ich zuckte zusammen, als ihre Worte mich trafen. Das war keine Frage. Es war eine Feststellung. Und in ihrer Stimme klang eine solche Sicherheit, daß Leugnen keinen Sinn hatte.

Ich senkte leicht den Kopf. „Sie stellen immer nur fest ..."
„Verzeihen Sie, ich habe Sie nicht verstanden."
Ich wandte mich um, sah sie unsicher an. „Sie stellen immer nur fest ...", wiederholte ich.
Sie lächelte. „War meine Feststellung falsch?"
„Was denken Sie von mir?" fragte ich.
Eine Weile sah sie mich schweigend an. Der Blick ihrer grünen Augen schien bis in mein Herz hindurchzudringen. Schließlich sagte sie ruhig: „Sie sind ein suchender Mensch, der das noch nicht gefunden hat, was ihn glücklich macht. Sie sind auf der Flucht, auf einer inneren Flucht, die sich aber auch äußerlich bemerkbar macht. Sie nähren schmerzliche Erinnerungen und vergessen dabei, das Heute zu leben. Sie spüren, daß Sie Hilfe brauchen, wollen sie aber nicht annehmen – aus Angst."
Ihre Worte hatten mich sehr betroffen gemacht. Da war keine Relativierung, kein „Ich denke", kein „Ich glaube", kein „Ich habe den Eindruck". Sie hatte recht. Ich wußte es, und doch tat es weh, so unverschönt mit der Wahrheit konfrontiert zu werden. Eine Weile saßen wir schweigend da. Erst als Nancy den Tee brachte, brach sie die Stille.
„Und was ist mit Ihnen?" Sie lächelte. „Sie haben sich sicher auch Gedanken über mich gemacht? Was denken Sie von mir?"
Ich empfand eine große Unsicherheit. Ich konnte nicht mit einer solchen Festigkeit reden. Ich konnte nur von meinem Eindruck sprechen. Und war der nicht sehr gefärbt durch meine eigene Situation?
„Das macht nichts", wehrte sie ab.
„Nun", begann ich langsam. „Sie machen auf mich einen sehr glücklichen, zufriedenen Eindruck. Sie sind ein Mensch, in dessen Nähe man sich wohl fühlt. Sie verstehen die Menschen und lassen sie das spüren. Sie strahlen etwas aus, das einfach ... guttut. Ich kann eine Vergangenheit wie die meine mit Ihnen gar nicht in Verbindung bringen."

„Wie meinen Sie das?"

„Ich … ich kann mir nicht vorstellen, daß es in Ihrem Leben etwas gibt, das Sie schmerzlich belastet … etwas, mit dem Sie nicht fertig werden …"

„Sie meinen … Leid?" Ich nickte.

„Ist das Leid nicht dazu da, daß man an ihm reift?"

„Ich denke, die meisten Menschen zerbrechen daran", entgegnete ich.

„Es kommt sicher darauf an, wie der Mensch damit umgeht."

„Man muß es ertragen, und wenn die eigenen Kräfte nicht ausreichen …" Ich hielt inne.

„Haben Sie nie daran gedacht, daß das Schwere, das Leid in einem Menschenleben Sinn haben kann?" Sie sah mich fragend an.

„Daran glaube ich nicht", widersprach ich heftig. „Und reden Sie jetzt bitte nicht von Gottes Willen oder so etwas. Es muß ein seltsamer Gott sein, der das Leid will."

„Das Leid ist sicher nicht Gottes Wille. Aber – er läßt es zu."

„Jetzt sprechen Sie bestimmt von der Freiheit des Menschen und so einen Unsinn … Entschuldigen Sie, aber ich kann damit nichts anfangen."

Eine Weile schweigen wir. Plötzlich beugte sie sich vor und nahm einen kleinen Zettel aus dem Buch, das vor ihr lag.

„Kennen Sie Reinhold Schneider?"

„Den Dichter? Ja, ich habe von ihm gehört."

„Von ihm stammt dieses Wort." Sie reichte mir das Stück Papier, und ich las:

„Fügung und Führung setzen ein, wenn eine Gewißheit da ist. An ihr befestigen sie sich, und langsam unterliegt unser Leben einem verborgenen Plan. Wir brauchen ihn nicht zu kennen; er setzt sich durch, insofern wir gehorsam sind."

„Bitte, Mrs. O'Rourke", sagte ich, während ich ihr den Zettel zurückgab, „wir haben da sicher verschiedene Auffassungen. Solche Gedanken kann ich einfach nicht nachvollziehen."

„Aber Sie haben dieses Wort gelesen. Und das ist gut." Sie lächelte, und dieses Lächeln machte mich unsicher. Abrupt stand ich auf.

„Es ist sicher besser, wenn ich jetzt gehe."

Sie reichte mir die Hand. „Kommen Sie wieder."

Ich gab keine Antwort. Ich war schon in der Mitte des Raumes, als ich mich noch einmal umwandte. Die alte Dame hatte zum Fenster hinausgesehen. Jetzt nahm sie ihr Buch wieder zur Hand. Gern wäre ich zurückgegangen. Irgend etwas zog mich zu ihr hin, doch gleichzeitig wehrte ich mich mit aller Gewalt dagegen.

Ich ging ein paar Schritte rückwärts, hörte gerade noch einen erschrockenen Ruf „Vorsicht!" und prallte im Umwenden heftig mit Nancy zusammen. Die beiden Blumenvasen, die sie in den Händen hielt, fielen polternd zu Boden und zerbrachen. Das Wasser ergoß sich auf den Steinboden, einige der Blumen verloren Kopf oder Blätter.

Erschrocken war ich einen Schritt zurückgesprungen, sah jetzt um Entschuldigung bittend zu der alten Dame hinüber. Sie saß noch genauso da wie eine Minute vorher – als habe sie nichts von dem Unglück bemerkt.

„Bitte verzeihen Sie, Mrs. O'Rourke, es war meine Schuld."

„Sie kann Sie nicht hören", sagte Nancy und bückte sich, um die Blumen und die Scherben aufzuheben.

„Wie? Sie kann mich nicht hören?!"

„Mrs. O'Rourke ist taub."

Ich starrte sie an. „Taub? Aber ... aber ich habe mich doch mit ihr unterhalten..."

„Sie liest alles von den Lippen ab."

3

An diesem Abend fand ich lange keinen Schlaf. Die Entdeckung war ungeheuerlich, ich wollte es einfach nicht glauben. Aber konnte ich mich nicht selbst an Situationen erinnern, in denen mich die alte Dame nicht verstanden hatte – *akustisch* nicht verstanden hatte? Das eine Wort „taub" hämmerte in meinem Kopf, und schlagartig wurde mir jedes Wort unseres Gespräches wieder bewußt.

„Ich kann mir nicht vorstellen, daß es in Ihrem Leben etwas gibt, das Sie schmerzlich belastet." Das hatte ich gesagt, und jetzt empfand ich über diese Worte einen tiefen Schmerz. Was hatte sie wohl empfunden, als ich so zu ihr sprach?

Taub! Für mich war eine solche Behinderung unvorstellbar. Nicht mehr das Rauschen der Brandung hören, nicht mehr den Wind oder das Kreischen der Möwen, nicht mehr das Zwitschern der Vögel und das Summen der Insekten, wenn sie von einer Blüte zur anderen flogen. Taub! Sie konnte nicht die wunderbare irische Musik hören, nicht mehr den Klang der Sprache, die schon meinen Ohren so guttat. War sie nicht abgeschnitten von allen Melodien, Tönen und Klängen?

Haben Sie nie daran gedacht, daß das Schwere, das Leid in einem Menschenleben Sinn hat? So hatte sie gesprochen, und ich hatte heftig reagiert. Auch jetzt empfand ich nicht anders. Was hatte es für einen Sinn, wenn ein Mensch taub war und auf diese grausame Weise isoliert?

Sie machen auf mich einen sehr glücklichen, zufriedenen Eindruck. Ja, das machte sie. Aber: *Sie kann Sie nicht hören. Sie ist taub.* Taub! Dieser Mensch, mit dem ich mich unterhalten und nichts bemerkt hatte. Taub! Der Gedanke war so unfaßbar, daß ich ihn nicht annehmen, nicht akzeptieren wollte.

Am nächsten Tag ging ich nicht zu ihr – und auch nicht am übernächsten. Ich schaffte es nicht. Aber mich hielt es auch nicht im Haus. So schlenderte ich am Kai entlang, setzte mich ab und zu auf eine Bank und versuchte, mich durch Zeitungen von dem Ansturm meiner Gedanken und Erinnerungen abzulenken.

Schließlich gelang es mir nicht mehr, dem Weg nach White Shamrock auszuweichen. An dem kleinen Cottage traf ich mit dem alten Mike zusammen.

„Diesmal komm' ich mit rein", zwinkerte er mir lächelnd zu. „Ich habe ja schon Entzugserscheinungen."

Nancy öffnete uns freundlich. Den Zusammenstoß nahm sie mir nicht übel, das merkte ich sofort. Sie zeigte nur kurz auf die Wohnzimmertür und sagte, sie käme gleich nach.

Mike war schon vorausgegangen. Jetzt stand er vor der alten Dame und hielt ihr einen dicken Briefumschlag hin. „Ihre Fanpost, Mrs. O' Rourke." Er zwinkerte ihr verschmitzt zu. „Mir scheint, das wird immer mehr. Erleben Sie dort drüben eine – wie sagt man – Remonstration?"

Die alte Dame lachte. „Sie meinen wohl Renaissance, Mike?"

„Kann auch sein. Ich meine jedenfalls das, was ich erlebe, wenn ich Ihren köstlichen – Tee getrunken habe."

„Nancy wird gleich kommen. Setzen Sie sich schon mal."

Inzwischen war auch ich dazugekommen. Lächelnd reichte sie mir die Hand. „Ich freue mich, daß Sie den Weg nach White Shamrock wiedergefunden haben. Ich befürchtete schon, ich hätte etwas Falsches gesagt."

Solange Mike da war, widmete sie sich dem Briefträger, der kurz darauf mit Andacht und Entzücken seinen „Tee" schlürfte. Das Schwätzchen gehörte dazu, und ihm schien es gut zu tun, der alten Dame von seiner unerträglichen, aber heißgeliebten Mary zu erzählen, mit der er schon vierzig Jahre verheiratet war und die ihn mächtig unter dem Pantoffel hatte.

„Jetzt haben Sie ein Stück Irland erlebt, Rebecca", sagte die alte Dame, nachdem sich Mike mit einem militärischen Salut verabschiedet hatte. „Mike gehört noch zu der alten Sorte Postbeamter, die auf ihrem Rundgang in jedem Haus zu einem Drink oder Imbiß eingeladen werden. Als Gegenleistung erzählt er dann dort die Neuigkeiten aus dem Ort." Sie lächelte. „Haben Sie sich die letzten Tage etwas in der Umgebung angesehen?"

„Nein."

„Aber das sollten Sie tun! Irland ist ein wunderbares Land. Es gibt so vieles, was man unbedingt gesehen haben muß."

„Aber ich denke, es macht mehr Spaß, wenn man es nicht alleine erobern muß … Wir könnten uns ja mal gemeinsam auf den Weg machen, und Sie zeigen mir etwas von Ihrer Heimat."

„Das wird nicht möglich sein", sagte sie. „Aber in einem Land wie Irland bleiben Sie nicht lange allein, auch wenn Sie sich allein auf den Weg machen."

Ich gab keine Antwort. An Gesellschaft war mir nicht gelegen. Und wenn sie es nicht sein konnte, dann wollte ich lieber doch alleine bleiben. Von Irland würde ich sicher noch genug sehen, wenn Kathy und Steve wieder zurück waren.

„Erinnerungen sind eine Macht, die man nicht unterschätzen darf", sagte sie plötzlich. „Das gilt sowohl für die guten wie für die schlechten Erinnerungen. Niemals dürfen wir sie Macht über uns gewinnen lassen. Wenn wir das tun, dann verlieren wir die Gegenwart – und genau die macht unser Leben aus."

„Ich denke, das ist leichter gesagt als getan", entgegnete ich und fühlte mich sehr hilflos. „Wie soll ich die Erinnerungen loswerden, wenn sie mich bedrängen und lähmen?"

„Sprechen Sie mit jemandem darüber …"

„Das kann ich nicht …"

„Und geben Sie sie ab."

„Wie meinen Sie das?" Ich sah sie verständnislos an.

Sie lächelte. „Es gibt viele Situationen, Ereignisse, mit denen wir nicht zurechtkommen, vielleicht auch nicht zurechtkommen können. Wenn wir leben wollen und gut leben wollen, dann müssen wir sie in Hände legen, die besser damit fertig werden, die auch die Scherben unseres Lebens noch zu etwas Großartigem kitten können."

Ärgerlich schüttelte ich den Kopf. „Ich habe Ihnen doch gesagt, daß ich daran nicht glauben kann. Lassen Sie mich damit in Ruhe."

„Können Sie nicht daran glauben, oder wollen Sie es nicht?"

Ich sprang auf und stellte mich ans Fenster. „Ich kann es nicht. Nicht nach all dem ..." Mir fiel ein, daß sie mich ja nicht verstehen konnte. Schnell wandte ich mich um und wiederholte nervös meine Worte: „Ich kann es nicht ... nicht, wenn ich sehe, wie mein Leben verlaufen ist."

Sie nickte. Nach einer Weile fragte sie ruhig: „Haben Sie dieses Leben schon einmal betrachtet ..."

„Ich habe es schon sehr oft betrachtet", fiel ich ihr ins Wort.

Sie fuhr unbeeindruckt fort: „Haben Sie dieses Leben schon einmal betrachtet unter dem Gedanken des roten Fadens – oder unter dem Gedanken ... der Dankbarkeit?"

„Roter Faden? Dankbarkeit?" Die Vorstellung erschien mir absurd.

„Sie haben Leid erfahren, ja. Und dieses Leid ist ganz gegenwärtig. Aber es gibt kein Menschenleben, Rebecca, mag es noch so leidvoll sein, in dem es nicht Zeiten gibt, für die wir danken sollten."

4

Es ist gar nicht so leicht, das eigene Leben anzuschauen und den roten Faden zu erkennen – zumindest nicht, wenn da eine innere Barriere ist, die das Selbstmitleid aufgebaut hat.

Natürlich sah ich das damals nicht so. In den langen Stunden, in denen ich allein war, ließ ich mein Leben vor meinen Augen Revue passieren und versuchte sogar, möglichst weit an den Anfang vorzustoßen. Aber immer wieder traten schwere Ereignisse und Situationen in den Vordergrund; immer wieder drängten sich Bilder dazwischen, Bilder von gemeinsamen Erlebnissen mit Konrad. Und wenn diese Bilder kamen, dann hatte ich nicht die Kraft, sie zurückzudrängen, um mich wieder neu auf den Weg in meine eigene Vergangenheit zu machen. Ich ahnte, daß ich es nicht alleine schaffen würde. Aber – und dieser Gedanke ließ mich nicht los – wozu sollte es auch gut sein, einen roten

Faden oder einen verborgenen Plan zu entdecken, falls es ihn denn überhaupt gab?

Es wurde mir in jenen Tagen nicht bewußt, wie sehr ich mich hängen ließ, wie sehr ich mich auch selbst ein Stück aufgab. Ich lebte in den Tag hinein, hing Gedanken nach, die mich innerlich mehr auffraßen als daß sie mich weiterbrachten. Eigentlich empfand ich das sogar als ziemlich normal in meiner Situation. Die Entdeckung, daß die alte Dame von White Shamrock taub war, hatte mich aufgeschreckt und nachdenklich gemacht. Aber ich konnte ihr Gebrechen nicht mit ihrer Zufriedenheit und ihrem Frohsinn in Einklang bringen. Und so beschloß ich, mir keine weiteren Gedanken darüber zu machen. Schließlich bemerkte ich ja kaum etwas von ihrer Behinderung, wenn ich mit ihr zusammenkam.

Aber dann sollte ich eine weitere Entdeckung machen, die mich tief erschütterte.

Erst am Sonntagnachmittag begab ich mich wieder auf den Weg nach White Shamrock. Wie gewohnt, öffnete Nancy die Tür. Aber diesmal wies sie mir nicht den Weg zum Wohnzimmer, sondern führte mich leise zu einem anderen Raum im gegenüberliegenden Teil des Hauses.

„Die Messe ist gleich zuende", flüsterte sie mir zu, bevor sie die Tür öffnete.

Ich trat in ein kleines Zimmer, dessen sakraler Charakter sofort deutlich wurde. An der gegenüberliegenden Wand hing ein romanisches Kreuz, in der Ecke bemerkte ich eine kleine Marienstatue. Unter dem Kreuz ein Tisch, der als Altar hergerichtet war. Davor stand ein Priester, der gerade seinen Kelch reinigte. Von irgendwoher kam leise meditative Musik.

Es gab einige Stühle in diesem Raum, von denen drei besetzt waren. Die alte Dame selbst saß nah an dem Altartisch. Sie hatte den Kopf gesenkt, die Augen geschlossen; ihre ganze Haltung drückte Sammlung und Anbetung aus. Leise setzte ich mich neben die Tür. Nachdem auch der Priester in stillem Gebet verharrt hatte, beendete er die Messe mit einem Schlußgebet und dem Segen.

Plötzlich stand Nancy neben mir und gab mir ein Zeichen. Ich folgte ihr ins Wohnzimmer.

„Mrs. O'Rourke wird gleich kommen. Nehmen Sie doch schon Platz."

In diesem Moment kam der Priester herein. Lächelnd reichte er mir die Hand. „Mein Name ist O'Flaherty."

Ich stellte mich ebenfalls vor, hatte jedoch das Gefühl, daß ihm mein Name nicht unbekannt war.

„Schade, daß Sie nicht früher gekommen sind. Es war ein sehr schöner Gottesdienst."

„Feiern Sie öfter hier die Messe?"

„Wenn es mir möglich ist, ja. Das tut der alten Dame gut. Sie hat ja sonst keine Möglichkeit."

Ich verstand seine Worte nicht. Unwillkürlich dachte ich an die wunderschöne große St. Colman's Kathedrale, die schon weithin sichtbar war, wenn man sich Cobh näherte. Bevor ich etwas erwidern konnte, wurde die Tür aufgestoßen, und ... Ich erschrak zutiefst. Nancy brachte die alte Dame von White Shamrock herein. Sie saß in einem Rollstuhl.

„Wie schön, daß Sie hier sind!" rief sie mir schon von weitem zu. „Haben Sie sich schon bekannt gemacht? – Ich danke dir, John, diese Stunde hat mir gutgetan."

Ich starrte sie an, antwortete ihr nicht ... war einfach sprachlos.

Der Priester hatte sich mir zugewandt und bemerkte nun erstaunt: „Wenn ich nicht das Gegenteil wüßte, würde ich tatsächlich denken, Mrs. Wirringer hätte dich noch nie gesehen."

„Nun, in gewisser Weise stimmt das ja auch."

Die alte Dame zwinkerte mir belustigt zu. „Sie bleiben doch zum Essen, nicht wahr?" Sie wartete keine Antwort ab, sondern deutete auf die Tür, die in den anliegenden Raum führte, der ihr als Eßzimmer diente.

Dort war für vier Personen gedeckt – als habe sie von vornherein damit gerechnet, daß ich kommen und am Essen teilnehmen würde. Denn die Frau, die ich vorher in dem Meditationsraum gesehen hatte, war schon gegangen. Später erfuhr ich, daß es eine Nachbarin war, die meistens herüberkam, wenn hier ein Gottesdienst gefeiert wurde.

Mit wenigen Handbewegungen wies die alte Dame uns die Plätze zu. Dabei fiel mir auf, wie durchdacht die Sitzordnung war; denn sie hatte uns drei – Nancy war mit am Tisch – genau im Blick, so daß die Kommunikation nicht schwerfallen würde.

Der Priester und die alte Dame kannten sich schon lange. „Mrs. O'Rourke hat mich in gewisser Weise adoptiert", lachte er.

John O'Flaherty stammte aus ganz armen Verhältnissen. Die alte Dame war ihm auf einer Straße in Dublin zu nächtlicher Stunde begegnet, als er fast verhungert am Straßenrand hockte und versuchte, ihr die Handtasche abzunehmen. Er wußte nicht mehr, wo er hingehen und was er tun sollte. Sein Vater lag betrunken im Bett, seine Mutter war davongelaufen. Mrs. O'Rourke verhalf dem Vater zu einem Job, dem Jungen zu einer Schulausbildung.

„Für mich ist es wie ein Wunder, daß ich trotz dieser Kindheit nicht total abgedriftet bin", sagte er. Schon früh – er war gerade fünfzehn – hatte er den Wunsch geäußert, Priester zu werden und Menschen zu helfen, die so arm und verkommen waren wie seine Familie. Als Jugendlicher griff er manchmal zu fragwürdigen Mitteln. „Und das tue ich heute auch noch, wenn es sein muß", lachte er.

Mrs. O'Rourke verhalf ihm zum Theologiestudium und begleitete ihn auf seinem weiteren Lebensweg, soweit ihr das möglich war. Inzwischen war John O'Flaherty in Dublin tätig, kam aber, so oft es ging, nach Cobh.

„Ich komme gern nach White Shamrock", lächelte er Mrs. O' Rourke zu.

Ich hatte anfangs Mühe, mich zu konzentrieren. Der Anblick der alten Dame im Rollstuhl hatte mich erschüttert, und immer wieder ertappte ich mich dabei, wie ich sie verstohlen beobachtete. Manchmal traf mich ihr Blick, fast ein wenig amüsiert, aber ich wich ihr aus.

Ich fühlte mich wohl in dieser Gesellschaft. Ein Gefühl der Geborgenheit, wie ich es lange nicht mehr erlebt hatte, meldete sich in meinem Herzen. Die Natürlichkeit und Herzlichkeit dieser drei Menschen, die mich ganz selbstverständlich in ihrer Mitte aufgenommen hatten, konnten nicht wirkungslos bleiben.

Als der Priester sich verabschiedete, wollte auch ich gehen. Aber wie nebenbei legte mir die alte Dame die Hand auf den Arm, und ich wußte, ich sollte noch bleiben.

Sie bat mich, sie ins Wohnzimmer zu fahren – vor den Kamin, wo Nancy schon ein Feuer entzündet hatte. Ich setzte mich ihr gegenüber in einen Sessel.

„Sie sind betroffen über den Rollstuhl, nicht wahr?" stellte sie lächelnd fest. „Ist Ihnen nie aufgefallen, daß Sie mich immer nur im Sessel sitzend angetroffen haben?"

„Ich habe mir nie etwas dabei gedacht", gab ich zu. „Ich bin ja auch immer zu einer Zeit gekommen, wo das nicht so ungewöhnlich war."

Sie lachte leise.

„Es hat mich sehr bestürzt", gab ich zu. „Erst die Erfahrung, daß Sie nicht hören können ... und dann das! Sie wissen, wie Sie auf mich wirken, und sicher sind Sie auch so. Aber ich ... ich kann das nicht verstehen ..."

„Taub, gelähmt und glücklich – das meinen Sie, nicht wahr?"
Ich nickte.

Sie blickte eine Weile nachdenklich in das Feuer. Als sie mich wieder ansah, wirkte sie sehr ernst. „Das war nicht immer so – weder taub, noch gelähmt ... Und heute weiß ich, daß Glück viele Gesichter hat. Meine Behinderungen sind die Folgen eines schweren Autounfalls. Er liegt jetzt ungefähr zehn Jahre zurück. Mein Mann saß am Steuer. Zu spät sahen wir den heranrasenden Zug. Die Blinklichter an dem Bahnübergang waren ausgefallen ... Es war unmöglich, noch eine rettende Reaktion zu zeigen. Unser Auto wurde von dem Zug mitgeschleift und schließlich zur Seite geschleudert, bevor er zum Stehen kam. Luke war zwischen Sitz und Steuer eingeklemmt. Der Brustkorb wurde ihm zusammengedrückt ... Ich mußte mit ansehen, wie er erstickte, konnte nichts weiter tun, als seine Hand halten ... Ich hatte den Unfall überlebt. Der Rücken war verletzt worden, so daß die Beine gelähmt waren, und die schrillen Geräusche hatten mein Trommelfell platzen lassen. Als die Ambulanz kam, war ich bewußtlos."

Ich hatte ihr erschüttert zugehört, fand auch keine Worte, als sie jetzt schwieg.

Wieder blickte sie in das Feuer. Es dauerte eine Zeit, bis sie weiterreden konnte.

„Sie fragen sich, wie man mit einem solchen Schicksal fertigwerden kann."

Ich nickte nur.

„Ich habe das getan, was jeder tun würde und auch tun muß, der vom Leid heimgesucht wird: Ich habe meinen Schmerz hinausgeschrien. Ich habe immer wieder nach dem Sinn gefragt: Warum das alles? Wir hatten gut gelebt, wir waren glücklich und recht sorglos. Und mit einem Schlag war mein ganzes Leben vollkommen verändert. Ja, warum? Ich wußte, daß mir kein Mensch darauf eine Antwort geben konnte. Ich wußte auch, daß ich nicht leben konnte mit diesem ständigen Schmerz und dieser bohrenden Frage.

Damals besuchte mich John O'Flaherty und hörte mich an. Nichts weiter. Aber als er ging, vergaß er seine Bibel. Es dauerte lange, bis ich sie zur Hand nahm. Und dann schlug ich sie einfach auf und traf auf den Psalm 22. Sie kennen ihn, nicht wahr? Da heißt es: ‚Mein Gott, mein Gott, warum hast du mich verlassen? Warum bist du fern meinem Flehen, dem Ruf meiner Klage?' Ich las nur diesen Vers, nichts weiter, und schlug das Buch wieder zu. Von da an wiederholte ich diese Worte immer wieder und immer wieder. Es waren nicht mehr die Worte des Psalmdichters, es waren meine Worte geworden."

Sie lächelte. „Vielleicht denken Sie jetzt: Wie kann das helfen? Wie, weiß ich auch nicht. Aber ich weiß, daß es geholfen hat. Und ich weiß, daß da ... Gott seine Finger im Spiel hatte."

Ich runzelte die Stirn.

„Eines weiß ich heute, Rebecca", fuhr sie nach einer Weile fort, „es gibt in einer solchen Situation nur zwei Möglichkeiten: Entweder Sie zerbrechen an dem Leid, oder Sie bewältigen und verarbeiten es. Das aber können Sie nur mit Gott; denn der Mensch ist auf Sinn angelegt."

„Kann denn ein solches Leid Sinn haben?" Ich mußte meine Frage wiederholen.

„Nach allem, was ich erlebt habe, bin ich davon überzeugt."

„Ich finde den Gedanken furchtbar, daß solches Leid ... Gottes Wille sein soll", entfuhr es mir heftig.

„Niemals kann Leid der Wille Gottes sein, sonst wäre es nicht der Gott, an den wir Christen glauben", entgegnete sie ruhig. „Aber er läßt es zu, denn er könnte es ja verhindern."

„Aber was hat das für einen Sinn?" rief ich. „Was hat Ihre Taubheit, Ihre Behinderung, dieser schreckliche Unfall, der Tod Ihres Mannes ... Was hat das alles für einen Sinn?"

„Genauso habe ich auch gefragt und empfunden. Aber diese Fragen werden bedeutungslos, wenn Sie sich auf diesen Gott einlassen und ihn als einen Gott der Liebe erfahren."

„Geht das – nach solchem Leid?"

„Für unser menschliches Hirn ist das unvorstellbar. Aber Gottes Wege sind eben nicht unsere Wege." Die alte Dame lächelte. „Vielleicht ist die Erfahrung der Liebe Gottes die Antwort auf die Frage nach dem Sinn des Leids. Deshalb hat diese Antwort so viele Gesichter, wie es Menschen gibt. Jeder Mensch, der Leid erfährt, muß seine Antwort mit Gott finden."

„Haben Sie Ihre Antwort gefunden?"

„Ja", sagte sie. „Ich habe Zeit gebraucht, aber ich habe sie gefunden, indem ich *ihn* gefunden habe."

5

Es war spät, als ich die alte Dame von White Shamrock verließ. Schon früh am nächsten Morgen wurde ich durch das Telefon geweckt. Es war Katherine O'Donnell.

„Wo treibst du dich eigentlich herum? Du scheinst mich ja überhaupt nicht zu vermissen!" Sie lachte.

„Wie? Was?" Ich klang noch sehr verschlafen.

„Entschuldige, daß ich dich zu dieser unchristlichen Zeit wecke. Aber ich habe wirklich den ganzen gestrigen Abend versucht, dich zu bekommen. Ist was passiert, Honey?"

„Nein. Bei dir?"

„Nein. Ich wollte dir nur mitteilen, daß wir erst in drei Tagen kommen. Wir müssen noch eine Tour nach Sligo machen. Hoffentlich bist du mir nicht zu böse, daß ich dich so lange allein lasse? Das war wirklich nicht geplant."

Ich war ihr nicht böse. Eigentlich kam es mir ganz gelegen, daß die beiden noch ein paar Tage fortblieben. Als sie aufgelegt hatte, legte ich mich noch einmal ins Bett, aber an Schlaf war nicht zu denken. Der vergangene Abend stand mir wieder vor Augen und mit ihm all das, was ich gehört hatte.

Das Schicksal der alten Dame hatte mich tief erschüttert, aufgewühlt – so sehr, daß mein eigenes Leid plötzlich in den Hintergrund gerückt war. Zum ersten Mal seit meiner Abreise aus Deutschland war Konrads Bild verblaßt. Die alte Dame hatte den Unfall und seine Folgen nur mit wenigen Worten geschildert. Und doch ... welch ein Leid war dahinter verborgen, welch ein Schmerz, welch eine Einsamkeit, Isolierung!

Ihr ganzes Leben hatte sich in wenigen Minuten grundlegend verändert. Der Mann, den sie liebte, war plötzlich nicht mehr da. Schlimmer noch: Sie mußte ohnmächtig zusehen, wie er starb. Wie furchtbar mußte auch der Augenblick gewesen sein, als sie erkannte, daß sie nichts mehr hören und nicht mehr laufen konnte. Ich spürte schon eine grenzenlose Hilflosigkeit und Verzweiflung, wenn ich mich nur in diese Situation hineindachte; um wieviel schlimmer mußte es ihr ergangen sein. Und der Weg, der lange Weg, der dann vor ihr lag – der lange, dunkle, einsame Weg.

Es war mir unbegreiflich, wie sie mit ihrer Situation hatte fertigwerden können. Wie hätte ich wohl reagiert? Vielleicht hätte ich mir das Leben genommen; es war ja doch nichts mehr wert. Wirklich? War das Leben der alten Dame nichts mehr wert? Ich sah die lebenslustige, frohe, glückliche Mrs. O'Rourke vor mir, die eine Fülle des Lebens ausstrahlte, die gelernt hatte, mit ihren Behinderungen zu leben, sie so zu beherrschen, daß sie einem Fremden gar nicht auffielen.

Ich hörte wieder ihre Stimme. *Es gibt nur zwei Möglichkeiten, dem Leid zu begegnen: entweder Sie zerbrechen daran, oder Sie bewältigen und verarbeiten es.* Das war ihr gelungen – mit diesem Gott, der das alles zugelassen hatte, den sie trotzdem als einen Gott der Liebe erfahren hatte.

Die alte Dame hatte vor mir eine Welt aufgetan, die mir in den letzten zehn Jahren meines Lebens vollkommen fremd geworden war; eine Welt, zu der ich keinen Bezug mehr hatte ... mit der ich eigentlich auch nichts zu tun haben wollte, weil sie mir zu irreal schien. Das war einmal anders gewesen – vor langer Zeit. Inzwischen waren „Gott" und „Glaube" für mich Fremdworte geworden, die nicht einmal mehr Platz in meinem Wortschatz hatten.

Ich hatte mich immer wieder gegen die Worte und Gedanken der alten Dame gewehrt. Aber der vergangene Abend hatte seine Wirkung bei mir hinterlassen. Es mußte etwas dran sein an dem, was sie gesagt hatte. Sie war der lebendige Beweis für ihre Worte. Was sie erlebt und erfahren hatte, überstieg menschliche Vorstellungskraft. Niemand konnte auch nur annähernd das nachempfinden, der nicht Ähnliches erlebt und erfahren hatte. Aber sie hatte es geschafft, das unsägliche Leid zu bewältigen, zu verarbeiten. *Das aber kann man nur mit Gott ...*

Gab es ihn denn wirklich? Es hatte eine Zeit gegeben, da war ich so fest davon überzeugt gewesen, ihn erfahren zu haben, daß ich mein ganzes Leben hatte auf ihn ausrichten wollen.

Ich schob den Gedanken beiseite. Das war lange her ...

Am frühen Nachmittag ging ich nach White Shamrock. Als ich das Wohnzimmer betrat, saß sie wie gewohnt in ihrem Sessel an der Fensterfront, ihr gegenüber der alte Briefträger Mike, der mit Andacht seinen „irischen Tee" schlürfte.

„Schade, daß nicht öfter Post kommt", sagte er, „ich käme glatt öfter vorbei – mit Vergnügen!"

Die alte Dame lachte und reichte ihm die Hand, während er sich grinsend verabschiedete. Dann deutete sie auf den Sessel gegenüber.

„Es ist noch irischer Tee da, oder wollen Sie lieber – richtigen?"

Ich mußte lächeln.

„Das steht Ihnen gut, Rebecca."

„Was?" fragte ich erstaunt zurück.

„Das Lächeln. Ich sehe es zum ersten Mal." Die alte Dame beugte sich etwas vor und drückte mir flüchtig die Hand. „Sie sind heute gelöster als all die anderen Tage."

„Der gestrige Abend hat seine Spuren hinterlassen", sagte ich langsam. „All das, was Sie mir erzählt haben ... Zum ersten Mal hat das, was ich selbst erlebt habe, an Bedeutung verloren."

Eine Weile schwieg sie. Dann fragte sie leise und behutsam: „Haben Sie schon mal mit jemand darüber gesprochen?"

„In groben Zügen, ja. Mit meiner Freundin Kathy. Aber ..." Ich stockte.

Sie nickte verständnisvoll.

Ich stand auf, trat ans Fenster, sah eine ganze Weile auf das Meer hinaus. Konrads Bild war wieder da – und mit ihm die vergangenen zwei Jahre. Ich setzte an, um zu reden. Da hielt mich ihre Stimme zurück.

„Ich glaube Ihnen, daß es einfacher ist, mit dem Blick auf das Meer zu sprechen. Aber ich möchte Sie bitten, Sie anschauen zu dürfen. Sie wissen ja …"

Ich hatte es vergessen. Verlegen stammelte ich eine Entschuldigung, aber sie lächelte aufmunternd.

„Ich gehöre zu den Frauen", begann ich nach einer Weile, „die sich eingebildet haben, einen Alkoholiker heilen zu können. Und ich gehöre zu den vielen Frauen, die daran gescheitert sind. Als Konrad zu unserer Zeitung kam, merkte man zunächst nichts von seiner Sucht. Das kam eigentlich erst bei seinem ersten Mißerfolg heraus. Wir arbeiteten in derselben Abteilung, so bekam ich es als erste mit. Ich schickte ihn einfach nach Hause, weil ich wußte, wie unser Chef reagieren würde. Konrad war ein paar Tage … krank. Als er zurückkam, tat er so, als sei nichts geschehen, aber mich behandelte er anders als vorher. Als Wissende? Als Verschworene? Ich weiß es nicht.

Wir verstanden uns recht gut, so gut, daß ich ihm die Flasche aus der Hand nehmen konnte, als eine ähnliche Situation kam. Er ließ es sich gefallen, sagte mir, daß er mich liebte, und bat mich, ihm zu helfen. Ich sei die einzige, die ihn vom Alkohol wegbringen könnte.

Eine ganze Weile ging es gut. Aber er war nicht sehr beliebt bei uns. Zunehmend spürte er Ablehnung und Widerstand der anderen, nicht nur was die Arbeit anging, sondern auch im Blick auf mich und meine Beziehung zu ihm. Niemand konnte verstehen, daß ich mich auf ihn eingelassen hatte."

Eine ganze Weile sah ich wieder zum Fenster hinaus. Dann setzte ich mich in den Sessel. Nachdem ich den Anfang gefunden hatte, fiel mir das Reden leichter. Die alte Dame saß ruhig vor mir, sah mich an, verständnisvoll, aufmunternd.

„Schließlich kam er wieder sternhagelvoll in der Redaktion an. Ich brachte ihn nach Hause und versuchte, ihn weitgehend nüchtern zu bekommen. Da bat er mich, zu ihm zu ziehen. Ich wollte nicht – nicht unter solchen Bedingungen. Er bettelte und beschwor mich, es zu tun; ich hätte ganz andere Möglichkeiten, ihm zu helfen und ihn von der Flasche abzuhalten; ohne mich würde er es nicht schaffen. Nun, gegen den Widerstand meiner Brüder und das Unverständnis meiner Arbeitskollegen tat ich es schließlich. Ja ... und das war der Beginn eines Martyriums."

Die alte Dame nickte nur. Aber in diesem Nicken lag soviel Wissen und Verständnis, daß ich nicht zögerte, weiterzuerzählen.

„Es ging genau eine Woche gut. Dann kam er von einer Reportage zurück und ließ sich vollaufen. Ich konnte nicht herausfinden, was vorgefallen war. Nach diesem Vorfall kippte ich alle Flaschen in der Spüle aus. Als er es bemerkte, tobte er. Ich konnte mich noch in Sicherheit bringen und flüchtete mich in die Redaktion. Als er wieder nüchtern war, machte er tausend Versprechungen, wenn ich nur bei ihm bliebe ... Schließlich kam der Tag, an dem in der Redaktion Geld verschwand. Alle verdächtigten sofort Konrad. Er wurde zum Chef zitiert und ... beschuldigte mich. Peter – so hieß unser Redakteur – wollte das nicht glauben. Als er mit Konrad kam und mich befragte, bestätigte ich Konrads Aussage. Er glaubte mir nicht.

Dieser Vorfall wiederholte sich. Peter beschwor mich, Konrad nicht mehr zu decken, zumal es offen auf der Hand lag, daß er das Geld in Alkohol umsetzte. Die einst gute Atmosphäre in der Zeitung war inzwischen total vergiftet. Alle distanzierten sich nun auch von mir – mein Verhalten konnte keiner mehr verstehen. Peter konnte endlich nicht mehr anders, als uns beide zu entlassen. Wir waren also arbeitslos, und das verschlimmerte die ganze Situation.

Ich war oft tagelang unterwegs, um eine neue Arbeit zu finden. Wenn ich zurückkam, saß er betrunken in irgendeiner Ecke, machte mir Vorhaltungen und beschimpfte mich. Und dann fing er an, mich zu schlagen, wenn ich nicht tat, was er wollte ..."

Ich spürte, wie die Kälte in mir hochkroch, und fing an zu zittern. Die alte Dame beugte sich vor und nahm meine Hand. Ich schloß die Augen.

„Es war furchtbar ... Er war total verändert ... In der Anfangszeit hatte ich auch schöne Stunden mit ihm erlebt. Aber das war vorbei. Jetzt war es ... nur noch grausam. Und ich fand nicht die Kraft, einfach fortzugehen. Ob ich noch immer glaubte, ihm helfen zu können? Ich weiß es nicht. Es passierte auch immer wieder, daß er winselnd vor mir kniete und mich anflehte, ihn nicht zu verlassen. Einmal stellte ich die Bedingung, daß er an einer Entziehungskur teilnehmen müßte. Er sagte ja dazu, schob es dann immer weiter hinaus, und natürlich blieb es bei dem Versprechen.

Ich glaube, ich brauchte vier Monate, um wieder eine Stelle zu bekommen – bei einer anderen Zeitung, Boulevardpresse, die ich im Grunde hasse wie die Pest. Aber ich verdiente Geld. Und Konrad nahm es mir ab. Ich versuchte es vor ihm zu verbergen, und er schlug mich krankenhausreif. Er ließ sich kein einziges Mal im Krankenhaus blicken. Als ich zurückkam, packte ich meine Koffer. Wieder fiel er vor mir auf die Knie, winselte wie ein junger Hund und machte eine Versprechung nach der anderen. Ich ... ich sagte ihm, daß er mich anekle, daß er mich anwidere. Da packte er mich und ..."

Ich spürte, wie mir die Tränen über die Wangen liefen. Ich konnte eine ganze Weile nicht weitersprechen.

Die alte Dame brach das Schweigen nicht, sie hielt nur meine Hand.

„Als ich ... als ich wieder zu mir kam, war er weg – mit allen meinen Wertsachen, mit meinem Auto ... Ich wußte nicht, was ich tun sollte. Einer meiner Brüder half mir, so weit es ihm möglich war. Dann stellte ich fest, daß ich schwanger war. Johannes – mein Bruder – setzte alle Hebel in Bewegung, um Konrad zu finden. Er war wie vom Erdboden verschluckt.

Ich war bereit, das Kind auszutragen, obwohl ich ... obwohl ich mich vor mir selber ekelte. Ich weiß nicht, wie es kam. Aber eines Tages rutschte ich auf der Treppe aus und stürzte die Stufen hinunter. Ich verlor das Kind. Als ich im Krankenhaus war, kam gerade meine Freundin Kathy nach Berlin. Und dann nahm ich ihr Angebot an, für eine Weile mit nach Irland zu kommen."

Lange schwiegen wir miteinander. Es erschien mir wie eine kleine Ewigkeit, aber diese Zeit half mir, wieder ruhig zu werden.

„Lieben Sie ihn?" fragte die alte Dame plötzlich.

Ich sah sie erstaunt an. „Lieben? ... Darüber habe ich nie nachgedacht."

„Aber das sollten Sie tun", entgegnete sie. „Sie sollten sich fragen, ob Sie ihn lieben und ob Sie das Kind behalten wollten. Je nachdem, wie Ihre Antwort ausfällt, kann Ihre persönliche Situation eine ganz andere sein."

Ich verstand zunächst nicht, was sie meinte. Aber ich forschte nach der Antwort auf ihre Frage. Liebte ich Konrad? Hatte ich ihn je geliebt? Und das Kind? Hätte ich es lieben können, da es mich doch immer an eine Situation erinnert hätte, die ich lieber vergessen wollte?

„Ich glaube", sagte ich langsam, „ich glaube, richtig geliebt habe ich ihn nie..."

Sie nickte. „Bei allem, was Sie erzählt haben, sprachen Sie von Ihrer Seite aus nie von Liebe. Und das Kind?"

„Ich denke, es ist gut, daß ich es verloren habe. Es wäre eine ständige Erinnerung gewesen..."

„Merken Sie, wie sich Ihre eigene Situation verändert?" Sie lächelte leicht. „Wenn Sie ihn lieben würden, wäre sein Fortgehen und wäre der Verlust des Kindes ein großer Schmerz, noch zusätzlich zu dem, was Sie schon durchgemacht haben. So aber haben Sie viel Leid erlebt, ja, und dieses Leid hat Sie geprägt. Aber es hat ein Ende, und Sie können aufatmen ... Und – so hart es klingen mag – Sie können froh sein, daß Sie ihn los sind. Ihr Mitleid hätte Sie wahrscheinlich mit ins Verderben gezogen. Es wundert mich ohnehin, daß Sie nicht auch zur Flasche gegriffen haben."

„Das ist doch kein Weg..."

„Nein, sicher nicht."

Ihre Worte klangen in mir nach, und ich mußte ihr recht geben. Hatte ich mich nicht im Selbstmitleid verfangen? Im Grunde konnte ich das Vergangene vergessen, einen neuen Anfang machen. Aber würde es mir gelingen, das Vergangene zu vergessen?

„Sie müssen das Vergangene vergangen sein lassen, Rebecca. Geben

Sie es ab! Sie haben viele Wunden davongetragen, und die können Sie nicht selbst heilen. Sie müssen sie heilen lassen."

„So ähnlich haben Sie das schon einmal gesagt." Ich blickte sie unsicher an. „Meine Geschichte muß furchtbar für Ihre ... Ihre katholischen Ohren geklungen haben ..."

Die alte Dame lachte leise auf. „Glauben Sie, ich bin eine Heilige? Ich war auch dreimal verheiratet."

Erstaunt sah ich sie an.

„Die erste Ehe ging schief. Ich war einfach zu jung. Mein zweiter Mann starb an Krebs, und mein dritter – das wissen Sie – verunglückte tödlich. Wir sind alle nur Menschen, Rebecca, Menschen mit Schwächen und Begrenzungen. Aber all unsere Schwächen und Begrenzungen können das Tor sein, durch das Gott zu uns kommt – wenn wir das zulassen. Ihn interessiert, was wir falsch gemacht haben, damit er uns seine Hand reichen kann. Viel wichtiger ist ihm, daß wir immer wieder neu anfangen, daß wir unser Versagen einsehen und umkehren und – ja, wieder neu anfangen. Gott ist soviel größer als unser Herz, Rebecca, wir dürfen uns ihm getrost überlassen. Eigentlich möchte er nur eins von uns: daß wir nicht liegenbleiben, wenn wir gefallen sind, daß wir uns nicht selbst aufgeben ... Wir können wieder aufstehen und weitergehen – im Vertrauen auf seine Liebe."

„Das hört sich so einfach an, wenn Sie das sagen ..."

„Es ist so einfach, Rebecca. Nur wir machen es kompliziert."

„Aber ... warum hat er mir vorher nicht geholfen?" fragte ich.

„Hat er das wirklich nicht? Denken Sie an den Widerstand Ihrer Brüder und Ihrer Arbeitskollegen, den sie Konrad entgegenbrachten. Aber Sie haben auf dieses Zeichen nicht geachtet. Ich bin sicher, daß er Ihnen noch viele Zeichen gab in diesen zwei Jahren, die Sie nicht wahrgenommen haben oder nicht wahrhaben wollten. Schließlich blieb ihm keine andere Wahl, als hart einzugreifen – mit dem Ergebnis, daß Sie wieder frei sind."

Ich hatte ihr gebannt zugehört. Aus dieser Perspektive hatte ich meine Geschichte noch nicht betrachtet. Natürlich nicht ... denn dafür brauchte man so etwas wie die Brille des Glaubens, die mir fehlte.

„Sie meinen, da war so etwas wie ... wie ein roter Faden?"

Sie lächelte. „Da war so etwas wie ein verborgener Plan – so etwas wie Führung und Fügung."

Über unserem Gespräch war die Zeit nur so dahingeflogen. Die alte Dame wollte mich nicht gehen lassen und lud mich zum Abendessen ein. Gern blieb ich noch bei ihr. Ich fühlte eine seltsame Leichtigkeit in mir, nachdem ich von den vergangenen zwei Jahren erzählt hatte. Ihre Worte hatten mir neue Hoffnung geschenkt, fast so etwas wie eine neue Perspektive eröffnet. Auf jeden Fall wußte ich auf einmal ganz sicher, daß es weitergehen würde, daß ich nicht am Ende war, sondern einen neuen Anfang setzen konnte.

Auch an diesem Abend wurde es spät, bis ich mich auf den Heimweg machte. Wir hatten uns einfach unterhalten, und dabei war es ihr gelungen, meine Gedanken in eine neue Richtung zu lenken. Zeit und Ort wurden unbedeutend, und mir schien, als habe es nie eine Zeit gegeben, in der ich die alte Dame nicht gekannt hätte.

Als ich mich verabschiedete, reichte sie mir ein kleines Buch. Es war eine Bibel.

„Bitte nehmen Sie die heute abend mit – und lesen Sie an der Stelle, wo das Lesezeichen ist."

„Danke, Mrs. O'Rourke", sagte ich. „Danke – für alles."

Ich beugte mich schnell zu ihr hinunter und küßte sie auf die Wange.

„Manchmal", sagte ich, „manchmal habe ich das Gefühl, als würde ich Sie schon immer kennen."

Sie lachte. „Sie kennen mich vielleicht länger, als Sie ahnen."

Verständnislos sah ich sie an, aber die alte Dame von White Shamrock zwinkerte mir nur schmunzelnd zu.

6

An der angegebenen Stelle in der Bibel fand ich einen Text aus dem Buch des Propheten Jesaja: „Jetzt aber – so spricht der Herr, der dich geschaffen hat, Jakob, und der dich geformt hat, Israel: Fürchte dich nicht, denn ich habe dich ausgelöst, ich habe dich beim Namen gerufen, du gehörst mir. Wenn du durchs Wasser schreitest, bin ich bei dir. Wenn du durchs Feuer gehst, wirst du nicht versengt, keine Flamme wird dich verbrennen. Denn ich, der Herr, bin dein Gott, ich, der Heilige Israels, bin dein Retter ... Weil du in meinen Augen teuer und wertvoll bist und weil ich dich liebe, gebe ich für dich ganze Länder und für dein Leben ganze Völker. Fürchte dich nicht, denn ich bin mit dir."

Ich wußte noch, daß eine solche Stelle verschieden ausgelegt werden konnte: Zum einen galt diese Aussage dem Volk Israel – aber auch der einzelne Mensch durfte sich angesprochen fühlen. Und so ging es mir, als ich diese Worte las. Vielleicht war ich in meiner Situation einfach aufnahmebereit für solche Worte. Auf jeden Fall hatte ich das Gefühl: ich bin gemeint; ich bin beschützt; ich bin wertvoll; ich werde geliebt.

Und ich spürte, wie alles in mir Antwort gab. Gleichzeitig merkte ich, daß ich das eigentlich nicht wollte – immer wieder legte ich die Bibel aus der Hand ... und genauso oft griff ich wieder danach, wollte diese Worte hören. Soviel Sicherheit, Zuversicht und Hoffnung sprachen sie mir zu, daß ich meinen inneren Widerstand aufgab. Ich mußte diese Worte jetzt hören. Ich wollte sie jetzt hören. Damals kam ich noch nicht auf die Idee, daß Gott selbst zu mir gesprochen haben könnte. Ich war nur freudig überrascht, wie die alte Dame so treffsicher das richtige Wort für mich ausgesucht hatte.

Ich erinnerte mich an die Zeit, in der Gott in meinem Leben eine größere Rolle gespielt hatte. Auch damals gab es viele Schwierigkeiten – aber ich kannte ein Bibelwort, das mir immer wieder Mut machte und mir auch durch die schwersten Stunden hindurchhalf. Wie konnte ich es wiederfinden? Ich wußte nur noch, daß es in einem Psalm zu finden war. Ich suchte das Buch der Psalmen und las viele dieser alttestamentlichen Lieder auf der Suche nach meinem Wort. Immer wieder hielt ich inne, stutzte, stolperte über einen Vers.

Und dann endlich hatte ich es gefunden – *mein* Wort: „Würde ich sagen: ‚Finsternis soll mich bedecken, statt Licht soll Nacht mich umgeben' – auch die Finsternis wäre für dich nicht finster, die Nacht würde leuchten wie der Tag, die Finsternis wäre wie Licht."

Ja, da war sie wieder, die alte Verheißung. Die Versicherung, daß die Nacht leuchtet wie der Tag, daß es keine Nacht gab, keine Dunkelheit, die nicht von Gottes Licht, von seiner Liebe erhellt werden konnte. Daran hatte ich einmal geglaubt. Dieses Wort hatte über Jahrtausende hinweg seine Bedeutung behalten. Konnte ich es nicht wieder glauben? Hatte ich nicht gerade wieder diese Erfahrung gemacht – die Erfahrung, daß Gott auch in der Nacht da war?

Widerspruch und der Wunsch zur Umkehr kämpften in mir, kämpften auch mit der Sehnsucht nach Heilung.

Es war in der Mittagszeit, als ich mich auf den Weg nach White Shamrock machte. Nancy empfing mich wie gewohnt, sagte aber gleich, die alte Dame habe sich etwas gelegt.

„Wollen Sie nicht im Wohnzimmer warten?"

„Ich möchte gerne warten", sagte ich. „Aber ... darf ich es vielleicht im Andachtsraum tun?" Ob sie meine Verlegenheit spürte? An ihrer natürlich-freundlichen Reaktion konnte ich es nicht ablesen.

„Aber natürlich. Ich sage Mrs. O'Rourke Bescheid, wenn sie auf ist."

In dem kleinen Raum herrschte gedämpftes Licht. Meine Augen mußten sich erst an das Halbdunkel gewöhnen, bevor ich die einzelnen Gegenstände erkannte. Ich setzte mich auf einen Stuhl und blickte mich um. Diesmal stand kein Tisch unter dem Kreuz, statt dessen lag auf einem kleinen Hocker neben dem Kerzenständer eine aufgeschlagene Bibel.

Ganz still saß ich da, ließ die Ruhe auf mich wirken. Die geöffnete Bibel zog mich unwillkürlich an. Sollte ich aufstehen und einen Blick hineinwerfen? Gleichzeitig verspürte ich ein banges Gefühl vor dem, was ich lesen könnte. Schließlich stand ich doch auf und zündete die Kerze an. „Die Nacht leuchtet wie der Tag", schoß es mir durch den Kopf.

Ich sah kurz zu dem Kreuz hoch und begann dann zu lesen: „‚Herr, wenn du willst, kannst du mich rein machen.' Jesus streckte seine Hand aus und sagte: ‚Ich will. Sei rein.' Und sofort wich der Aussatz von ihm."

Langsam setzte ich mich wieder auf den Stuhl. Ich schloß die Augen. Wie lange war es her, daß ich versucht hatte, vor Gott still zu werden? Mit ihm ins Gespräch zu kommen? Gespräch? Nein, so konnte man das wohl nicht nennen ... aber einfach da sein. Ein Gespräch war sicher nicht möglich. Hatte ich nicht zu lange ohne ihn gelebt, ganz bewußt und entschieden? Irgendwie hatte das geklappt. Ja, irgendwie. Warum sollte es jetzt nicht mehr klappen? Nur, weil ich der alten Dame begegnet war, die so bewußt und überzeugend mit Gott lebte?

„Vielleicht klappt es nicht mehr, weil ich merke, daß sie recht hat. Bist du wirklich da? Warst du die ganze Zeit da? Stimmt es, daß ich deine Zeichen übersehen habe? Du hättest mich doch aufmerksam machen können, wenn du wirklich da gewesen wärst. Aber vielleicht hast du es auch versucht. Ich wollte ja mit dir nichts zu tun haben, wie hätte ich da deine Zeichen verstehen können."

Plötzlich mußte ich lachen. „Ich rede ja doch mit dir. Darf ich so reden? Irgendwie klingt das alles nicht sehr fromm. Aber ich glaube, richtig fromm habe ich nie mit dir geredet, oder? – Oh, mein Gott, ich wünschte, ich könnte die Zeit zurückdrehen ... bis dahin, als du mich vor die Entscheidung gestellt hast. Aber ... würde ich heute anders entscheiden?"

Ich sah zu dem Kreuz auf und spürte, wie mir Tränen in die Augen traten. „Herr, wenn du willst ... wenn du willst, dann kannst du mich heilen, dann kann ich einen neuen Anfang machen ... wenn du willst ..."

Immer wieder sprach ich diese drei Worte: „Wenn du willst" – und plötzlich empfand ich eine ganz tiefe Gewißheit in mir. Mit einem Mal wurde mir klar: Er will – aber will ich es auch? Ich mußte den ersten Schritt tun. Würde ich ihn tun? Oder hatte ich ihn in dieser Stunde schon getan?

7

Als ich ins Wohnzimmer kam, war die alte Dame bereits dort. Sie saß nicht wie gewohnt in ihrem Sessel, sondern im Rollstuhl, den sie an die offene Terrassentür geschoben hatte. Sie blickte auf das Meer hinaus und bemerkte mich erst, als ich zu ihr trat.

Sie sah mich an. „Ich muß Sie um Verzeihung bitten."

„Warum?" fragte ich erstaunt.

„Nancy sagte mir, daß Sie im Andachtsraum sind. Ich wollte Sie dort abholen und bin … nun, ich bin Zeuge geworden …"

Ich mußte lächeln. „Das ist doch nicht schlimm", wehrte ich ab.

„Hoffentlich sind Sie nicht entsetzt darüber, wie ich gesprochen habe."

„Nein, ganz und gar nicht. Es hat mir gefallen."

„Ich bin nicht ganz so – unbeholfen im Umgang mit diesem Gott, den Sie mir wieder nahegebracht haben."

Sie sah mich fragend an.

„Es gab eine Zeit, da hatte ich fest vor, ins Kloster zu gehen."

„Sie wollten ins Kloster gehen?" Sie war deutlich überrascht.

Ich nickte. „Ich war fest davon überzeugt, daß Gott mich zu diesem Leben rief – für ihn im Dienst am Menschen."

„Warum haben Sie es nicht getan?"

„Meine Eltern waren dagegen."

„Aber Sie sagten doch, Sie seien fest davon überzeugt gewesen, daß das Ihr Weg war."

„Ja, aber …" Ich hob leicht die Schultern. „Ich wollte sie nicht verlieren. Ich fing dann ein Theologiestudium an. Nach zwei Jahren

brach ich es ab ... Das hatte alles nichts mit meinem Glauben zu tun. Daraufhin habe ich mit dem Journalistikstudium angefangen."
„Das ist aber ein großer Unterschied", stellte sie fest.
„Ich wollte den Schlußstrich, den Bruch."
„Aber wieso Journalismus?"
„Zum einen kam es meiner Liebe zu Film und Theater entgegen, zum anderen war mein Vater bei der Zeitung."
„Haben Sie die Entscheidung nicht bereut?"
„Doch", gab ich zu. „Schon oft. Aber es gab ja für mich keine andere Möglichkeit."
„Und Ihre Eltern? Waren sie zufrieden?"
„Sie haben mich nur noch kurz in meinem Beruf erlebt. Sie starben sehr plötzlich und kurz hintereinander."

Eine ganze Weile stand ich schweigend neben ihrem Rollstuhl und sah auf das Meer hinaus. Ich spürte ihren forschenden Blick auf mir ruhen und wollte diesem Blick nicht begegnen. Plötzlich brach sie die Stille.

„Rebecca, haben Sie schon jemals auf die Stimme in Ihnen gehört?"
Ich wollte nicht verstehen.
„Mir scheint, an den wichtigen Punkten in Ihrem Leben haben Sie es nicht getan. Unser Leben kann nur gelingen, wenn wir auf diese Stimme hören – sonst leben wir an unserer Bestimmung und damit an unserem Glück vorbei."

Ich wußte, daß sie recht hatte. In gewisser Weise war mein Leben nicht gelungen, bis hin zu dem Abschnitt mit Konrad. Aber ich konnte es nicht mehr rückgängig machen, konnte auch nichts mehr korrigieren.

Diese innere Stimme – wahrgenommen hatte ich sie wohl, aber sehr oft hatte ich nicht auf sie hören wollen. Irgendwelche Gründe gab es immer – oder waren es Entschuldigungen? Denn Entscheidungen stellen Forderungen an den, der sie trifft.

„Sie müssen sich dieser Stimme stellen, Rebecca. Vielleicht müssen Sie es lernen ..."

„Vor kurzem habe ich es getan", fiel mir plötzlich ein. „Da habe ich auf meine innere Stimme gehört, und es war mein Glück. Es war in dem Moment, als Mike mir den dicken Briefumschlag für Sie in die Hand drückte. Ich spürte: Du mußt diesen Auftrag erfüllen."

Sie lächelte und nickte leicht. Eine Weile schwiegen wir miteinander. Dann spürte ich wieder ihren Blick.

„Sie sind blaß, Rebecca. Sie sollten mehr an die Luft gehen."

„Alleine mag ich es nicht tun. Wie ist das mit Ihnen?" fragte ich. „Gehen Sie nie vor die Tür?"

„Wenn das Wetter es erlaubt, gehe ich schon mal in den Garten."

„Und darüber hinaus?"

„Sie können sich selber denken, daß das nicht ganz leicht ist." Sie lächelte. „Wenn mein Sohn kommt, packt er den Rollstuhl ins Auto …"

„Bringt er den Wagen dann mit?"

Sie lachte. „Nein, der steht hier in der Garage. Er muß ja eine bestimmte Größe haben, damit der Rollstuhl hineinpaßt." Sie zögerte. „Können Sie Auto fahren?"

Ich nickte. „Ich könnte mir den Wagen doch mal anschauen. Wenn ich ihn fahren kann, würden Sie mir dann einmal etwas von Ihrer Heimat zeigen?"

„Das Experiment ist nicht so einfach, wie Sie denken …"

„Würden Sie es tun?" Ich beharrte auf meiner Frage.

Sie schien etwas unsicher. Doch plötzlich lachte sie und nickte. „Der Autoschlüssel liegt in dem Kästchen auf dem Kaminsims."

Mit dem Auto kam ich gut zurecht. Ich stellte mich auch gar nicht so dumm an, als ich die alte Dame in den Wagen hob. Für ihre Größe war sie nicht sehr schwer. Als wir abfahrbereit waren, sah sie mich schmunzelnd von der Seite an.

„Und ich bestimme jetzt die Richtung?" Ich nickte.

„Okay. Dann fahren wir nach Crosshaven."

Von Cobh ist Crosshaven ungefähr zwanzig Kilometer entfernt. Die Stadt liegt dort, wo der Owenboy River in die Bucht von Cork mündet.

An unserem Ziel angekommen, stellten wir den Wagen ab, und die alte Dame stieg in ihren Rollstuhl um. Wir gingen am Bootshafen entlang. Vom Fort Camden-Aussichtspunkt genossen wir die wunderbare Sicht auf die Flußmündung, auf die Hafenbucht und die Inseln. Ja, man konnte sogar die Kathedrale von Cobh sehen.

„Die Hafeneinfahrt ist geschichtlich von großer Bedeutung", erklärte Mrs. O'Rourke. „Von hier aus verließen die Engländer mit irischen Freiheitskämpfern, die auf den Inseln festgehalten wurden, das Land, um nach Australien zu gehen. Von hier aus segelte auch William Penn nach Amerika."

„William Penn – der Engländer, der Pennsylvanien gründete?"

„Richtig. Sieht das nicht wunderbar aus? Die St. Colman's-Kathedrale überragt von ihrem Plateau aus alle Häuser."

„Stammen Sie aus Cobh?"

„Nein, ich selbst bin aus Donegal ..."

„Das soll unvergleichlich schön sein", warf ich ein.

„O ja, das ist es. Sie müssen es kennenlernen – aber Sie brauchen Zeit dazu." Sie lächelte. „Waren Sie früher schon mal in Irland?"

„Schon zweimal, aber nur kurz. Ich lernte Katherine O'Donnell während meines Studiums kennen – ich habe auch Anglistik studiert. Sie lud mich hierher ein. Auch vor ihrer Heirat lebte sie schon in Cobh."

„Sie lieben Irland. Warum?"

Ich lächelte. „Ja, ich liebe dieses Land; und das hat viele Gründe. Ich liebe die Natur, die an so vielen Orten noch so unberührt ist. Ich liebe die Musik. Ich liebe die Menschen, sie sind so aufgeschlossen und menschenfreundlich in ihrer Einfachheit ..."

Die alte Dame nickte. „Ja, so sind die Iren. Vielleicht hängt das mit ihrer Armut zusammen. Irland ist ein armes Land. Fast jede vierte Familie lebt unterhalb der Armutsgrenze. Das ist mit ein Grund, warum viele Iren das Land verlassen. Es fing mit der großen Hungersnot Mitte des 19. Jahrhunderts an. Vor dieser Katastrophe hatte Irland mehr als acht Millionen Einwohner, heute sind es nur noch vier."

„Sind Sie immer hier geblieben?"

„Nein", lächelte sie. „Ich gehöre auch zu denen, die in jungen Jahren fortgingen. Ich war neunzehn, als ich nach England ging, von dort nach Amerika. Im Alter kehren viele Iren in ihre Heimat zurück. Wir haben uns damals in Cobh niedergelassen, weil mein Mann hier ein Haus besaß – White Shamrock. Außerdem ist Cobh ein hübsches Hafenstädtchen."

Wir verbrachten zwei wunderschöne Stunden, bis wir uns wieder auf den Weg nach Cobh machten. Die alte Dame zeigte nicht die geringsten Ermüdungserscheinungen. Das ermutigte mich, ihr einen Vorschlag zu machen.

„Kathy und Steve kommen erst morgen abend zurück. Wir hätten den ganzen Tag Zeit, etwas gemeinsam zu unternehmen – das heißt, wenn Sie können und Lust haben."

Die alte Dame von White Shamrock lachte. „Sie gefallen mir, Rebecca. Sie fangen wieder an zu leben."

8

Am nächsten Tag machten wir uns früh auf den Weg nach Youghal. Strahlender Sonnenschein begleitete uns; und obwohl es uns klar war, daß dies sicher nicht den ganzen Tag so bleiben würde, sahen wir voll Freude auf die nächsten Stunden.

Wir mußten etwa fünfzig Kilometer fahren bis zur Mündung des Blackwater River. Hier nämlich befindet sich die Stadt mit ihren etwa sechstausend Einwohnern. Dort kannte die alte Dame sich gut aus. Wir nahmen zunächst den Weg an der Stadtmauer entlang. Dabei kamen wir an mehreren Wehrtürmen vorbei, bis wir die St. Mary's-Kirche erreichten.

„Die Kirche stammt aus dem 13. Jahrhundert", erklärte sie mir. „Sie ist aus Naturstein gebaut und sehr gut erhalten, nicht wahr? Lassen Sie uns hineingehen. Sie werden staunen."

Ich staunte wirklich. Das Innere der Kirche ist eine Quelle irischer Geschichte, und zu allen Fenstern und Figuren wußte die alte Dame etwas zu erzählen. Als wir später wieder auf dem Vorplatz der Kirche standen, deutete sie über die Mauer nach unten.

„Sehen Sie das Haus dort? Das ist Myrtle Grove. Es soll Sir Walter Raleigh gehört haben. Sir Walter ist Ihnen doch ein Begriff?"

„Aus Filmen", sagte ich. „Hat er nicht auch die Kartoffel nach Irland gebracht?"

„Das sagt man, ja", lachte sie. „Lassen Sie uns zum Uhrturm gehen. Und dann müssen Sie unbedingt zur Stadtmauer hinaufsteigen. Es lohnt sich. Da kann ich leider nicht mit. Ich warte unten auf Sie."

Der vierstöckige Uhrturm aus dem Jahr 1776 überspannt die Hauptstraße. Die Treppen, die zur Stadtmauer hinaufführen, sind sehr steil, und entsprechend anstrengend war der Aufstieg. Aber die Mühe lohnte sich wirklich. Von oben hatte ich einen Blick über die gesamte Stadt, in der viele Häuser noch aus dem 18. und 19. Jahrhundert stammen.

Plötzlich hörte ich in meiner Nähe ein Kind weinen. Ich sah mich um. Ein kleiner Junge stand an der Mauer und rieb sich schluchzend die Augen. Ich ging zu ihm hinüber und hockte mich vor ihn hin.

„Was ist denn los, kleiner Mann?"

„Die sind alle weg", jammerte er. „Eben waren sie noch da. Aber jetzt sind alle weg!"

„Wer denn? Deine Mama? Dein Papa?"

Er nickte. „Die sind weg."

„Sie sind doch sicher runtergegangen ..."

„Ich habe Angst, da runterzugehen."

„Komm, ich gehe mit. Ich muß auch wieder runtergehen." Ich reichte ihm die Hand. Sicher war es ihm leichter gefallen, die Treppe hinaufzusteigen. Hinunter war es sehr mühsam für seine kurzen Beine.

Mit Schwung nahm ich ihn auf den Arm. Er quietschte vor Vergnügen. Die Tränen waren vergessen. Als wir unten ankamen, streckte er die Hand aus.

„Da! Da sind sie! Mama! Papa!"

Ich ließ ihn auf den Boden, und sofort rannte er los. Es war auch meine Richtung, denn die Eltern des Jungen standen bei der alten Dame.

Nachdem sie uns vorgestellt hatte, meinte der Vater grinsend: „Wie haben Sie das fertiggebracht, Mrs. O'Rourke nach Youghal zu bekommen? Können Sie uns das Geheimnis verraten?"

„Ist das denn so schwierig?" fragte ich überrascht.

„Nun, das ist ein großer Vertrauensbeweis. Normalerweise läßt sie sich nur von ihrem Schwiegersohn oder von Nancy in den Rollstuhl heben."

Ich empfand diese Bemerkung als etwas geschmacklos. Die alte Dame nahm sie jedoch recht gelassen. Sie lachte und zwinkerte mir zu. Wir gingen mit der Familie zum Fluß hinunter und nahmen später auch das Mittagessen gemeinsam ein.

Der kleine Ned hatte sich sehr schnell wieder an meiner Seite eingefunden und zog mich immer wieder von den anderen weg. Er forderte meine ganze Aufmerksamkeit und freute sich diebisch, daß er jemanden gefunden hatte, dem er all das sagen und zeigen konnte, was seine Eltern schon längst wußten. Als wir uns schließlich verabschiedeten, sagte er: „Komm doch mal wieder nach Youghal. Wir wohnen nämlich hier."

„Sie haben eine Eroberung gemacht", lachte seine Mutter. „Normalerweise geht das bei Ned nicht so schnell."

„Es war schön, Sie zu beobachten, wie Sie mit dem Kleinen umgegangen sind", meinte die alte Dame, als wir später wieder auf dem Weg nach Hause waren. „Haben Sie schon mal daran gedacht, zu heiraten und selbst Kinder zu haben – nachdem Sie den Gedanken an das Kloster weggetan hatten?"

„Daran gedacht habe ich schon", sagte ich. „Aber ich glaube, wenn man das eine ernsthaft wollte, dann wird man sehr wählerisch im Blick auf den Partner fürs Leben."

„Und Konrad?"

„Nein. Mir kam nie der Gedanke, ihn zu heiraten." Nach einer Weile fügte ich hinzu: „Jetzt ist es vielleicht sowieso schon zu spät."
„Warum? Wie alt sind Sie denn?"
„Dreißig."
„Nun, ich war auch dreißig, als meine Tochter geboren wurde."
„Aber wahrscheinlich gab es zu dem Zeitpunkt schon einen Mann in Ihrem Leben?"
„Allerdings." Sie lachte.

In White Shamrock sorgte ich erst einmal dafür, daß die alte Dame in ihren Sessel im Wohnzimmer kam. Nancy würde später da sein, um ihr ins Bett zu helfen. Nachdem ich den Wagen in die Garage gebracht und auch den Rollstuhl an seinen Platz gestellt hatte, ging ich noch einmal zu ihr.
„Ich muß jetzt gehen", sagte ich. „Aber ... Ich möchte Ihnen danken für diesen schönen Tag."
„Ich muß Ihnen danken, Rebecca."
„Ich bin sehr glücklich, daß ich Sie kennenlernen durfte."
„Ich auch." Sie lächelte. „Ich denke, er hat das gut gemacht."
„Er?"
„Ja – er." Sie hatte meine Hand genommen und zog mich sanft zu sich herunter. Unwillkürlich ging ich neben ihrem Rollstuhl in die Knie. Da machte sie mir ein Kreuz auf die Stirn und sagte leise: „Möge Gott auf dem Weg, den du gehst, vor dir her eilen. Das ist mein Wunsch für deine Lebensreise. Mögest du die hellen Fußstapfen des Glücks finden und ihnen auf dem ganzen Weg folgen."
Sie beugte sich vor und küßte mich auf die Wange.

9

Als ich zum Haus der O'Donnells kam, stand die Haustür weit offen. Im Eingang lagen Gepäckstücke verstreut, und im Haus herrschte jene Unruhe, die bei der Rückkehr nach längerer Abwesenheit üblich ist. Kathy und Steve waren schon da.

„He, Becci, da bist du ja", begrüßte mich Steve, als ich ins Haus trat, und umarmte mich lachend. „Wo treibst du dich nur herum? Hundert Anrufe, und nie haben wir dich erreicht."

„Mit wem redest du denn da, Steve?" ertönte Kathys Stimme, und gleich darauf stürmte sie die Treppe herunter. „Hallo, Honey, geht es dir auch gut? Ich habe mir richtig Sorgen gemacht."

„Das war nicht nötig", lächelte ich und umarmte sie. „Es ist schön, daß ihr wieder da seid."

„Du hast uns hoffentlich ein wenig vermißt", sagte sie, nahm mich bei der Hand und zog mich in die Küche, wo sie schon den Tee vorbereitet hatte.

„Eigentlich hatte ich das tun wollen", entschuldigte ich mich. „Ich habe nicht so früh mit euch gerechnet."

„Ja, es lief manches ganz anders als geplant. Es war chaotisch, Becci", stöhnte sie, und dann erzählte sie von den letzten Tagen in London und Sligo. Kathy hatte eine wunderbare Art zu erzählen. Sie war ein echt irisches Temperamentbündel, und wenn sie sprach, tat sie es mit Händen und Füßen, gleichzeitig so anschaulich, daß der Zuhörer immer mitten drin war und alles ganz genau miterleben konnte.

Interessiert hörte ich zu, machte Zwischenbemerkungen, die sie zum Anlaß nahm, noch mehr und weiter zu erzählen. Plötzlich unterbrach sie sich mitten im Satz, sah mich einen Augenblick nachdenklich an, sah kurz zu ihrem grinsenden Mann hinüber, um dann wieder mich anzublicken.

„Honey? Geht es dir gut?"

Ich sah sie überrascht an. „Ja, warum?"

„Ich habe auch den Eindruck, daß es dir gut geht. Aber ... Nun, ich meine", stotterte sie, „also, mir kommt es vor, als hätte ich dich ein Jahr nicht gesehen, dabei waren es noch nicht mal zwei Wochen."

Ich mußte lächeln. „Aber in dieser Zeit ist viel passiert."

Ihre braunen Augen lachten mich an. „Darf ich raten?"

Ich nickte, und wie aus einem Mund sagten Kathy und Steve: „Die alte Dame von White Shamrock."

Ich war überrascht. „Ja ..."

Da umarmte mich Kathy lachend. „Habe ich dir nicht gesagt, du müßtest sie kennenlernen? Aber erzähl! Was ist passiert?"

„Passiert? Nach außen hin nicht viel", sagte ich. „Aber hier ..." Ich deutete auf mein Herz. Sie nickte verständnisvoll, und ich begann zu erzählen. Ich sprach von der ersten Begegnung, von ihren ‚frommen Sprüchen', mit denen ich nichts anfangen konnte, von meinen beiden ‚Entdeckungen' und ihre Wirkungen auf mich, wie unbedeutend mein eigenes Schicksal mir nun erschien. Ich sprach von den neuen Perspektiven, die sie mir eröffnet hatte, erzählte von unseren Ausflügen nach Crosshaven und Youghal.

„Wißt ihr", sagte ich schließlich, „diese Frau überzeugt mich. Ihre Worte sind von ihrem Leben geprägt, und ihr Leben spiegelt ihren Glauben wider."

Eine Weile war es ganz still. Dann sagte Steve: „Ich finde es toll, daß du den Weg zu ihr gefunden hast. Dank sei Gott. Du machst einen viel freieren, gelösteren Eindruck auf mich."

Kathy sah mich forschend an. „Sag mal, Honey, du sprichst immer von der alten Dame. Du weißt doch, wer sie ist?"

„Wie meinst du das?" fragte ich verständnislos. „Sie hat nicht sehr viel von sich erzählt ..."

„Was hat sie denn erzählt?" Kathy stützte den Arm auf den Tisch und legte ihr Kinn auf die Hand.

„Sie ist in Donegal geboren", fing ich zögernd an. „Sie hat erzählt, daß sie mit jungen Jahren nach England und dann nach Amerika gegangen ist. Sie war dreimal verheiratet. Der dritte Mann war wohl ein Ire und ist bei dem Unfall tödlich verunglückt. Seit fünfzehn Jahren lebt sie in White Shamrock. Sie hat zwei Kinder …"

„Zwei Kinder?" Kathy runzelte die Stirn.

„Ja, eine Tochter und einen Sohn …"

„Der Sohn ist eigentlich ihr Schwiegersohn", erklärte Steve. „Aber sie liebt ihn sehr, besonders seit ihre Tochter tot ist."

„Ihre Tochter?" Erschrocken sah ich ihn an. War denn dieser Frau gar nichts erspart geblieben? Wie konnte ein einzelner Mensch so geschlagen werden – und dann so glücklich sein?

„Weißt du immer noch nicht, wer sie ist?" riß mich Kathy aus meinen Gedanken.

„Nein", sagte ich unwillig. „Ist sie denn jemand … jemand … Besonderes?" Mir kam meine Frage dumm vor; denn ‚jemand Besonderes' war sie ja auf alle Fälle. Das hatte ich selbst kurz vorher gesagt.

„Wie heißt sie denn mit Vornamen?" Kathy wurde ungeduldig.

„Das weiß ich nicht. Sie hat es mir nicht gesagt; und sonst hat sie in meinem Beisein auch niemand mit dem Vornamen angeredet."

„Und welchen Vornamen bringst du mit O'Rourke in Verbindung?"

Ich hob die Schultern. „Gar keinen."

„Ach, Rebecca", sagte Kathy beinahe ärgerlich. „Du kennst doch den Namen … Stell dich doch nicht so dumm an."

„Ich weiß wirklich nicht, was du meinst. Natürlich ist mir der Name O'Rourke nicht unbekannt. Einen Vornamen? Ja – Maureen! Maureen O'Rourke, den Hollywood…" Ich unterbrach mich selbst. „Du willst doch nicht sagen …? Du spinnst, Kathy!"

Sie lachte. „Ich will sagen, und ich spinne nicht."

Ich sah sie verständnislos an. „Die Frau ist doch nicht Maureen O'Rourke …"

Steve grinste. „Doch sie ist es. Aber daß ausgerechnet du sie nicht erkannt hast – kaum zu glauben!"

„Du mußt wirklich vor Kummer blind gewesen sein, Honey …" Sie sprach, als hätte sie eine plötzliche Erkenntnis. „Ja, du mußt wirklich so um dich selber gekreist sein, daß du nichts und niemanden mehr wahrgenommen hast."

„Ich kann das nicht glauben", sagte ich leise. „Gut, wenn ich alle Angaben vor diesem Hintergrund sehe ... Richtig, sie hat auch gesagt: ‚Sie kennen mich länger, als Sie ahnen' ..."

Kathy lachte. „Ich hatte ihr von dir erzählt. Vor allem, daß du eine glühende Anhängerin von ihr warst."

„Übertreib doch nicht so ..."

Steve hatte die Küche kurz verlassen und kam jetzt mit einem Album zurück. „Du bist immer noch nicht so richtig überzeugt, was? Hier, sieh dir dieses Album an. Du weißt ja, daß Kathy auch eine – hm ... eine ‚glühende Anhängerin' ist. Als das Unglück vor zehn Jahren passierte, lebte sie für kurze Zeit in Los Angeles. Sie hat damals alle Zeitungsartikel gesammelt und hier eingeklebt."

Er öffnete das Album im hinteren Drittel. Dicke Schlagzeilen sprangen mir in die Augen. „Tödlicher Unfall" – „Drama in Irland" – „Das Aus der O'Rourke?" – „Was wurde aus Maureen O'Rourke?" – „Keine Nachricht von Maureen O'Rourke".

„Nach dem Unfall tauchte sie verständlicherweise lange nicht mehr auf. Erst drei Jahre später flog sie einmal mit ihrer Tochter nach Hollywood. Sie blieb ein paar Wochen und kehrte dann hierher zurück. Ihre irische Adresse kennt man in Amerika nicht. Aber ihre Freunde von damals wußten jedenfalls, daß sie noch lebt. – Hier", Steve deutete auf weitere Zeitungsartikel. Ich las: „Lebenszeichen" – „Maureen O'Rourke lebt – Gezeichnet für immer" – „Die O'Rourke ist wieder da!"...

„Du hast vorhin von dicken Briefumschlägen gesprochen, der alte Mike nannte sie Fanpost", fuhr Steve fort. „Das ist tatsächlich so. Cary Clarke – ihr Schwiegersohn – hat eine Agentur in Hollywood. Seine Adresse wird bei Nachfragen angegeben. Und wenn genug Post da ist, schickt er sie gebündelt nach White Shamrock."

Plötzlich fing Kathy an zu lachen. „Wenn du dein Gesicht sehen könntest, Honey! Wenn man dich zur Königin von Irland ernennen würde, könntest du nicht dümmer dreinschauen."

Ich schüttelte den Kopf. „Ich kann es wirklich nicht fassen …"
„Aber es ist so: die alte Dame von White Shamrock ist der Hollywoodstar Maureen O'Rourke."

10

Lachend begrüßte sie mich am nächsten Morgen. „Kathy hat angerufen und hat mir von der gestrigen … hmm … Aufklärungsstunde erzählt."

„Sie müssen mich jetzt für sehr dumm halten …"

„Ganz und gar nicht", erwiderte sie ernst. „Sie waren gefangen in Ihrem Leid und nicht offen für irgendwelche Dinge, die von außen an Sie herangetreten sind …"

„Ganz stimmt das ja nicht", widersprach ich. „Sie haben mich ganz schön 'rangenommen und – wenn ich das so sagen darf – umgekrempelt. Um so unverzeihlicher ist es, daß …"

„Ich bin froh, daß Sie mich nicht erkannt haben", unterbrach sie mich. „Mit Sicherheit wäre das eines Tages gekommen. Aber wenn Sie vorher gewußt hätten, wer ich bin, hätten Sie all das, was ich gesagt habe, sicher nie so angenommen. Sie hätten immer zuerst den Hollywoodstar gesehen."

„Das mag sein …"

„Sicher ist das so. Und" – sie zögerte einen Augenblick – „ganz bestimmt wäre nicht das zwischen uns geworden, was entstanden ist."

„Das kann sein." Ich wich ihrem Blick aus. „Aber …"

„Lassen Sie es jetzt, Rebecca. Es sollte nicht sein. Wenn er gewollt hätte, daß Sie mich früher erkennen, dann hätte er es schon dahin gebracht."

„So kann man das auch sehen", sagte ich und erschrak selbst über den Spott in meiner Stimme.

„Je länger Sie mit mir zu tun haben, um so mehr werden Sie sich daran gewöhnen, daß ich so denke." Ich sah sie verständnislos an.

Sie lachte. „Kommen Sie, helfen Sie mir in den Rollstuhl. Ich will mit Ihnen in mein Arbeitszimmer."

Das Arbeitszimmer lag direkt neben dem Andachtsraum. Ich öffnete ihr die Tür und ließ sie hineinfahren. Der Raum war nicht sehr groß und nicht sehr hell. An der einen Seite befanden sich lauter Bücherregale. An den anderen Wänden hingen Plakate von Filmen, in denen Maureen O'Rourke die Hauptrolle gespielt hatte.

„Wenn Sie mich vorher hier hereingeführt hätten, wäre mir das nicht passiert."

Sie lachte. „Das glaube ich Ihnen gern. Dies ist eigentlich das Arbeitszimmer meines Mannes. Ich hatte damals nur einen kleinen Schreibtisch im Wohnzimmer stehen. Ich habe nach seinem Tod alles so gelassen wie es war. Natürlich benutze ich diesen Raum jetzt."

„Hier gefällt es mir." Ich sah mich um, trat näher an die Plakate heran, und zu jedem der Filme fiel mir irgend etwas ein, was ich selbst in meiner Jugendzeit erlebt hatte.

„Darf ich Sie etwas fragen?"

Sie nickte. „Natürlich."

„Alles, was Sie erlebt und erlitten haben, hat mich schon so tief betroffen gemacht, als Sie ‚nur' die alte Dame von White Shamrock waren. Aber jetzt, wo ich weiß, daß Sie Maureen O'Rourke sind ... Es muß furchtbar gewesen sein, von jetzt auf gleich ein vollkommen anderes Leben führen zu müssen ..."

„Sie spielen auf die Schauspielerei an, nicht wahr? Nun, mit der hatte ich sowieso schon Schluß gemacht. Die Feier zu meinem fünfzigsten Geburtstag war gleichzeitig meine Abschiedsfeier von Hollywood."

„Aber damit hatte sich ja der Mensch Maureen O'Rourke nicht verändert." Sie nickte.

„Wie haben Sie das fertiggebracht, mit dieser Veränderung zu leben? Es ist für mich unvorstellbar ..."

Sie lächelte. „Etwas habe ich Ihnen schon dazu erzählt. Erinnern Sie sich?" Ich nickte. „Ich erwähnte die Bibel, die John bei mir ... vergessen hatte. Nun, mein Geheimnis steht im zweiten Korintherbrief."

„Was steht da?"

Sie nahm die Bibel vom Schreibtisch und reichte sie mir. „Zweiter Korintherbrief, zwölftes Kapitel, Vers neun."

Es dauerte ein wenig, bis ich die Stelle gefunden hatte. Dann las ich: „Der Herr aber antwortete mir: *Meine Gnade genügt dir;* denn sie erweist ihre Kraft in der Schwachheit. Viel lieber also will ich mich meiner Schwachheit rühmen, damit die Kraft Christi auf mich herabkommt."

Sie bemerkte, daß ich mit dem Lesen fertig war.

„In jungen Jahren hatte ich ein wildes Temperament. Ja", lächelte sie, „das wissen Sie auch. Manchmal kommt es heute noch durch, aber nur noch verbal. Und ich liebte die Gesellschaft, hörte gerne zu und erzählte noch lieber. Und das alles war – wie Sie sagen – von jetzt auf gleich vorbei. Meine ganze Persönlichkeit war beschnitten – zumindest kam es mir damals so vor. Hinzu kam, daß ich den Menschen verloren hatte, den ich über alles liebte. Ich kam mir nutzlos und überflüssig vor, eine Last und Behinderung für andere. Ich gebe zu, ich wollte nicht mehr leben. Ich hatte auch eine Phase, in der ich ernsthaft nach Möglichkeiten suchte, meinem Leben ein Ende zu setzen – das heißt dem, was davon übriggeblieben war.

In dieser Situation erschien dann John O'Flaherty und vergaß seine Bibel bei mir. Den ersten Schritt zur Besserung" – sie lächelte – „kennen Sie bereits. Schließlich nahm ich die Bibel öfter zur Hand. Ich konnte ja ohnehin nichts anderes tun als lesen. Warum also nicht die Bibel? Und dann erging es mir ähnlich, wie es Ihnen in meinem Andachtsraum ergangen ist: Ich fand mich auf einmal im Gespräch mit ihm, und das immer öfter. Nach und nach veränderte sich mein Denken."

Maureen O'Rourke lachte. „Erfolg, Ansehen, Anerkennung sind etwas Wunderbares, Rebecca. Aber sie sind auch gefährlich, nämlich dann, wenn sich der Mensch über Erfolg, Ansehen und Anerkennung definiert. Dann ist er nämlich ein Nichts, wenn all das wegfällt. Aber der Mensch ist ja viel mehr. Viel bedeutender, viel wertvoller, viel kostbarer. Das wurde mir immer mehr bewußt. Ich erkannte, daß unser Gott für uns gestorben ist, weil er uns liebt. Ja, Rebecca, der Mensch – jeder Mensch – ist geliebt. Und zwar so, wie er ist. Es spielt keine Rolle, ob er gut singen oder schauspielern kann, ob er reich ist oder arm, ob er tanzen kann oder behindert ist. Wir werden grenzenlos geliebt – so wie wir sind mit all unseren Schwächen und Begrenzungen. Aber das ist gleichzeitig ein Auftrag für uns. Wir müssen unsere Berufung leben, Rebecca, damit wir der Mensch werden, den Gott aus uns machen will. Für mich bedeutete das: am Anfang Hollywoodstar, jetzt Leben als Behinderte, warum auch immer. Natürlich kam mir diese Frage. Aber dann stieß ich auf dieses Wort: ‚Meine Gnade genügt dir', und ich wußte: Ich werde auch in Zukunft leben können und zwar glücklich leben können, wenn ich mit Gott zu leben versuche. Denn er will ja durch meine Schwachheit wirken.

Als mir all das bewußt wurde, da fing ich an, mich auf die Menschen zu konzentrieren, wenn sie mit mir sprachen. Ich hätte nie gedacht, daß man so schnell lernen könnte, von den Lippen abzulesen. Ich lernte auch, mit dem Rollstuhl umzugehen. Vor allem lernte ich, mit Gott zu leben und seine kleinen Zeichen zu erkennen. Und er gab mir die Kraft und die Fähigkeit, mit meiner Behinderung zu leben."

Sie hatte sich in Begeisterung geredet, ihre Worte mit Mimik und Gestik unterstützt, und ich spürte, wie der Funke auf mich übersprang. Ihre Gedanken waren in ihrer Größe für mich noch nicht ganz nachvollziehbar, wenn auch nicht neu. Aber ich fühlte mich angesprochen, und in meinem Herzen gab ich Antwort.

„Ich habe Maureen O'Rourke nicht abgelegt. Sie gehört zu meinem Leben." Sie lächelte. „Als ich mit meiner Behinderung leben konnte, habe ich mich auch wieder in Hollywood blicken lassen. Mindestens einmal im Jahr fliege ich hinüber. Aber ansonsten will ich vor dem Rummel meine Ruhe haben. Das wollte ich ja vorher schon. Aber heute erst recht. Und ich weiß, daß ich hier als alte Dame von White Shamrock gebraucht werde."

„Warum nennt man Sie eigentlich die ‚alte Dame von White Shamrock'?"

„Sie meinen, weil ich noch gar nicht so alt bin?" Sie lachte. „Sie wissen, wie das mit der Gerüchteküche ist. Nur wenige hier wissen von meiner Vergangenheit. Und nach dem Unfall war es ohnehin still um mich geworden. Die Menschen im Dorf erfuhren, daß hier eine ältere Frau allein lebte, die man nie vor der Tür sah. Das reichte, um die wildesten Spekulationen anzustellen. Aber diese Spekulationen waren der Grund, warum ich Ihre Freundin Kathy kennenlernte." Die alte Dame lachte. „Sie wissen, daß sie sehr neugierig ist, nicht wahr? Sie wollte herausfinden, was es mit diesen Gerüchten auf sich hatte. Und eines Tages erschien sie hier und – erkannte mich."

Ich mußte lächeln. „Glühende Anhängerin …"

„So kann man das sagen." Sie lachte ebenfalls. „Durch Kathy kam wieder Leben ins Haus. Sie selbst kommt oft zu mir. Aber auch wenn sie jemanden trifft, der Probleme hat, weist sie ihm den Weg zu der ‚alten Dame von White Shamrock'."

„Wie bei mir. Aber …", ich zögerte einen Moment, „… aber ist das nicht eine wundervolle Aufgabe?"

„Genau das ist es, Rebecca, was ich sagen will." Sie beugte sich leicht vor. „Jeder von uns hat zu allen Zeiten seines Lebens einen Auftrag. Wir müssen ihn erkennen, indem wir unser Leben und das, was geschieht, auf Gott hin durchsichtig machen, und wenn es das tiefste und schwerste Leid ist. Es geschieht nichts, was nicht einen tiefen Sinn hat. Wir müssen ihn nicht unbedingt kennen, wir müssen nur Ja dazu sagen. Dann setzt sich der verborgene Plan Gottes mit uns durch."

„Wenn Sie so reden, hört sich das immer alles unheimlich leicht an. Aber wenn es einen trifft …"

„Ich glaube ganz fest, Rebecca, daß wir nur soviel zu tragen bekommen, wie wir auch tragen können. Ich glaube es, weil ich es so erfahren habe." Sekundenlang schwieg sie. Dabei blickte sie auf ein Foto, das auf dem Schreibtisch stand.

„Was Sie vielleicht noch nicht wissen", fuhr sie schließlich fort, „vor vier Jahren starb meine einzige Tochter mit einunddreißig Jahren an Krebs – wie ihr Vater. Warum auch das noch, nicht wahr? Ja, so habe ich auch wieder reagiert. In einer solchen Situation ist es nicht einfach, für die einunddreißig Jahre zu danken, die man miteinander leben durfte. Obwohl das sicher die richtige Reaktion wäre – aber das sagt sich so leicht … Gott weiß, warum er sie so früh zu sich geholt hat. Es schmerzt immer noch … Vielleicht ist es einer der vielen Tode, die man sterben muß, bis man sein Ziel erreicht hat." Die alte Dame lächelte unter Tränen. „Aber auch da habe ich gespürt: Seine Gnade genügt. Mein Schwiegersohn ist für mich wie ein Sohn geworden, und mein kleiner Enkel ist ein Geschenk des Himmels."

Eine ganze Weile war es still in dem kleinen Raum. Ich spürte den Blick der alten Dame auf mir ruhen, aber ich konnte nicht aufsehen. Zu betroffen war ich von dem, was ich soeben gehört hatte. Ich erlebte hier einen Menschen, wie ich noch nie vorher einem begegnet war. Einen Menschen, der ganz eins war mit seiner … ja, mit seiner persönlichen Berufung als Mensch.

„Rebecca", ergriff sie nach einer Weile wieder das Wort. „Ich hoffe, daß ich Sie nicht totgeredet habe."

„Nein, nein", sagte ich unsicher. „Aber ich muß erst über all das nachdenken, mich damit auseinandersetzen. Diese Welt, die Sie vor mir geöffnet haben, spricht mich irgendwie an. Aber ich habe Angst, durch … durch die Tür zu gehen …"

Die alte Dame blickte mich an. „Geben Sie mir die Hand – und wir gehen gemeinsam. Es lohnt sich."

II

An den folgenden zwei Tagen zog ich mich vollkommen zurück. Wie am Anfang meines Aufenthaltes in Cobh unternahm ich Spaziergänge am Meer, hin zu „meinem" Felsen. Ich mußte allein sein. Zu überwältigend waren die Ereignisse und Gedanken, die in den letzten Tagen auf mich eingestürzt waren.

Es hatte eine Zeit in meinem Leben gegeben, in der es mein größter Wunsch gewesen war, den Hollywoodstar Maureen O'Rourke einmal persönlich kennenzulernen. Meine Berufswahl, meine Liebe zu Irland – beides hatte in gewisser Weise seinen Ursprung in meiner Begeisterung für diese Schauspielerin. Meine Begeisterung machte später einer ‚normalen' Bewunderung Platz – obwohl ich in Gesprächen mit Kathy immer wieder feststellte, daß auch in meinem Denken und in meinem Urteil keine andere Schauspielerin an die O'Rourke heranreichte. Aber den Traum von einer persönlichen Begegnung hatte ich längst vergessen, vor allem nachdem sie als ‚verschollen' galt.

Und nun war ich ihr begegnet – oder doch nicht? Die O'Rourke der Gegenwart entsprach so gar nicht den Vorstellungen meiner Jugendzeit. Auf der einen Seite fiel es mir schwer, in dieser Frau, die mir als ‚alte Dame von White Shamrock' so wichtig geworden war, den einstigen Hollywoodstar zu sehen. Auf der anderen Seite spürte ich, wie meine ohnehin schon große Ehrfurcht durch die Tatsache, daß sie die große O'Rourke war, noch größer wurde.

Im Blick auf diese Frau wurde mir zutiefst bewußt, welch ein großes Geheimnis der Mensch ist. Ein Geheimnis, dessen Grund göttlich ist und das aus demselben Grund nie zu lüften ist. Niemals zuvor war ich einem Menschen begegnet – und ich war früher vielen religiösen Menschen begegnet, die mich angesprochen und fasziniert hatten –, der mich so von der Wirklichkeit Gottes überzeugt hatte, der mir so glaubhaft von der Liebe dieses Gottes sprach, wobei selbst unsinniges Leid sinnvoll erscheinen konnte. Diese Frau hatte sich für Gott geöffnet, als sie am Boden lag, und die Liebe Gottes hatte sie verwandelt, hatte ihrem Leben nicht nur neuen Sinn gegeben. Indem sie sich mit ihm auf den Weg gemacht hatte, wurde ihr Leben ein erfülltes Leben.

Wir müssen unsere Berufung leben, damit wir der Mensch werden, den Gott aus uns machen will.

Das hatte sie gesagt. Es hörte sich so einfach an, und doch – wie schwer war es! Wenn es einfach wäre, müßten dann nicht alle, die sich Christen nennen, diesen Weg mit ihrem Gott gehen? Aber ... wer war schon davon überzeugt, daß solch ein Weg die Mühe wert war?

Es lohnt sich.

Um dies sagen zu können, mußte man sicher einen weiten Weg gehen. Ich dachte zurück an die Zeit, als ich davon überzeugt war, ins Kloster zu gehen. Damals war ich dem vermutlich sehr nahe gewesen, was die alte Dame „Leben mit Gott" nannte. Ich spürte seine Nähe und war glücklich, wenn ich mit ihm im Gespräch sein konnte. Und ich verstand nicht, daß es Menschen gab, die mit diesem Gott nichts zu tun haben wollten. „Dein auf immer und ewig", hatte ich oft gebetet. Große Worte, aber ich versuchte, sie zu leben.

Ebenso radikal, wie ich damals mit ihm lebte, ebenso radikal sagte ich schließlich Nein zu ihm. Ich wollte mich und andere – vor allem aber mich selbst – davon überzeugen, daß es auch ohne ihn ging. Und es ging. Ich lebte, und ich lebte nicht schlecht, wenn man von den vergangenen zwei Jahren absah. Aber immer war da auch diese innere Unruhe. Dieses schmerzliche Gefühl, etwas zu suchen, das es nicht gab, jenes Gefühl, das ich später Sehnsucht nannte.

Ich hatte mich abgewandt, und er hatte es zugelassen. Hatte er jetzt wirklich eingegriffen? Erst durch Konrad, dann durch die alte Dame von White Shamrock?

Es geschieht nichts, was nicht einen tiefen Sinn hat. Wir müssen ihn nicht unbedingt kennen.

Empfand ich diese Begegnung nicht wie ein Geschenk des Himmels? War sie vielleicht ein göttliches Zeichen, das mir zeigen sollte: Umkehr ... ein neuer Anfang ... ein erfülltes Leben ... ist möglich?

Ich hatte plötzlich das tiefe Bedürfnis, einen deutlichen Neuanfang zu machen – nachdem er ihn schon mit mir gemacht hatte. Kurzentschlossen setzte ich mich in den Zug nach Cork und suchte mir einen Priester, mit dem ich über meine Vergangenheit sprechen konnte.

Auf der Rückfahrt empfand ich eine solche innere Freiheit und Gelöstheit, wie ich sie seit Jahren nicht mehr gekannt hatte. Da war eine tiefe Dankbarkeit in mir, die mir plötzlich die Gewißheit gab: *Seine Gnade genügt mir.*

Ich hörte wieder die Stimme der alten Dame: „Geben Sie mir die Hand – und wir gehen gemeinsam. Es lohnt sich."

„Ja", konnte ich jetzt antworten.

Erst am nächsten Tag ging ich nach White Shamrock.

Die alte Dame erwartete mich bereits; es schien fast, als habe sie geahnt, was in den vergangenen achtundvierzig Stunden geschehen war.

„Ich glaube, wir haben Grund zum Feiern", lachte sie. Als ich nickte, umarmte sie mich herzlich.

„Es lohnt sich."

12

Die Nachricht, daß Cary Clarke und sein Sohn am Wochenende für vier Wochen nach Cobh kommen würden, hätte mich sicher mehr berührt, wenn ich auch nur geahnt hätte, daß diese Begegnung meinem Leben eine völlig neue Richtung geben würde. Später erschienen mir die vorausgegangenen Wochen mit der alten Dame von White Shamrock wie eine gottgewollte und notwendige Vorbereitung.

Maureen O'Rourke sah der Ankunft ihres ‚Sohnes' und Enkels mit ungeduldiger Freude entgegen. Und mehr als einmal sagte sie mir, wie schön es sei, daß ich die beiden kennenlernen würde.

Am Sonntag wurden sie erwartet, am Samstag kamen sie schon. Als ich am frühen Nachmittag nach White Shamrock kam, stolperte ich sofort über einige Gepäckstücke, die noch an der Haustür standen. Nancy hatte beide Hände voll zu tun und deutete nur kurz in Richtung Wohnzimmer, bevor sie wieder in die Küche hastete.

Die alte Dame saß nicht wie gewohnt im Sessel, sondern in ihrem Rollstuhl. „Wenn der Kleine da ist, muß ich beweglich sein", erklärte sie mir später schmunzelnd. Auf dem Teppich lagen Spielsachen verteilt. Der Junge selbst stand vor seiner Großmutter und erklärte ihr einen Gegenstand, den er in der Hand hielt. Allerdings tat er das, ohne einen Laut von sich zu geben. Plötzlich hatte er mich bemerkt, stutzte und kam dann auf mich zu.

„Guten Tag", sagte er höflich. „Ich bin Ricky Clarke-O'Rourke."

„Ricky Clarke-*O'Rourke*?" fragte ich überrascht und nahm die Hand, die er mir entgegenhielt.

Er nickte. „Maureen O'Rourke ist nämlich meine Oma."

Das kam so ernsthaft aus dem Kindermund, daß ich lächeln mußte. „Ich verstehe", meinte ich ebenso ernst.

„Und wer bist du?" Er sah fragend zu mir hoch.

„Entschuldige", antwortete ich. „Ich heiße Becci."

„Nur ‚Becci'?" fragte er ungläubig.

Ich nickte.

Ricky drückte mich in den Sessel neben den Rollstuhl, nahm den Gegenstand, den er bei meinem Erscheinen in den Schoß seiner Großmutter hatte fallen lassen, wieder in die Hand, und nahm seine lautlose Erklärung wieder auf. Nach ein paar Minuten tippte ich dem Jungen auf den Arm.

„Hör mal, Ricky, ich verstehe kein Wort von dem, was du sagst."

Einen Augenblick stutzte er. Dann fing er an zu lachen.

„Du mußt nämlich wissen", erklärte er, „ich habe die beste Oma von der Welt. Ich kann soviel Krach machen, wie ich will – das macht ihr gar nichts. Und dann kann ich so leise mit ihr sprechen, daß keiner sonst was mitkriegt."

Die alte Dame lachte und zwinkerte mir zu. Ricky strahlte sie an, aber dann hatte er wohl doch Mitleid mit mir und fing mit seiner Erklärung noch einmal von vorne an.

Er hatte zu seinem Geburtstag eine Ranch geschenkt bekommen mit vielen Figuren, die er aufbauen konnte, wie er wollte. Nicht alle Figuren waren gleich zu erkennen, außerdem hatte schon jedes Rind, jedes Huhn und jedes Pferd einen Namen bekommen, und die mußte Granny natürlich kennen, wenn sie in den nächsten Tagen mit ihm spielen wollte.

Maureen O'Rourkes Aufmerksamkeit war ganz auf den Jungen gerichtet. Natürlich brachte das schon ihre besondere Situation mit sich.

Ich war fasziniert, wie die beiden aufeinander abgestimmt waren. Auch wenn das Kind sich an mich wendete, mir noch einmal erklärte oder eine Frage beantwortete, blieb er seiner Großmutter immer soweit zugewandt, daß sie die Bewegungen seiner Lippen verfolgen konnte, wenn sie wollte. Sie brauchte kaum nachzufragen und war immer in die Unterhaltung einbezogen.

Wir drei waren so beschäftigt mit Rickys neuer Ranch, daß wir Cary Clarke zunächst gar nicht bemerkten, der leise ins Wohnzimmer gekommen war. Nachdem er das Spiel eine Weile beobachtet hatte, ging er neben seinem Sohn in die Hocke und fragte: „Darf ich deine neue Freundin auch mal begrüßen?"

Er seufzte. „Wenn's sein muß. Ich verzieh mich dann mal." Sprach's, raffte seine Figuren zusammen und war verschwunden.

Kurz darauf wollte ich mich verabschieden, aber die alte Dame ließ es nicht zu. Und so blieb ich schließlich auch noch zum Abendessen. Anschließend brachte Ricky ein Würfelspiel herbei, und es war gar keine Frage, daß noch ein Spielchen gemacht wurde. Ich kannte es nicht, deshalb erklärte der Junge mir des langen und breiten die Regeln. Er merkte wohl an meinem Gesicht, daß ich in Sachen Würfelspiel eine längere Leitung besaß.

„Schon gut", sagte er. „Ich spiel erst mal mit dir."

„Wir können doch ein Doppel spielen", schlug sein Vater vor. „Granny und ich gegen dich und … Rebecca."

Ich merkte, daß ihm diese Konstellation gar nicht behagte. Aber er zeigte sich als Gentleman und stimmte zu. Nach zwei Runden hellte sich sein Gesicht allmählich auf, und nach der fünften Runde flüsterte er mir ins Ohr: „Du bist große Klasse."

Nach einer turbulenten und aufregenden Stunde hatten wir zweimal gewonnen und uns damit als „absolute Könner" bewiesen. Ricky war zufrieden.

„Das können wir doch eigentlich noch mal machen, oder? Du kommst doch wieder?" fragte er mich.

„Ich glaube schon."

„Gut. Ich geh' dann jetzt. Gute Nacht, Becci." Er gab mir die Hand. „Granny, kommst du noch? Daddy, du auch?"

Beide Fragen wurden von einer Umarmung begleitet. Dann stürzte er aus dem Wohnzimmer. Wenig später folgte ihm sein Vater, und auch ich wollte mich verabschieden.

Die alte Dame lächelte, und ihre grünen Augen strahlten mich an. „Ich habe immer gehofft, dich mal lachen zu sehen, Becci. Ricky hat es geschafft."

13

Die folgenden vier Wochen waren in ihrer Einfachheit und Unkompliziertheit so schön, daß wir vier später immer gern daran zurückdachten.

Cary und Ricky Clarke akzeptierten mich sofort als zu Maureen gehörend. Sie stellten keine Fragen. Sie spürten, daß uns mehr verband als nur eine flüchtige Bekanntschaft, und das reichte als Antwort auf alle möglichen Fragen.

Ich hielt mich inzwischen fast nur noch in White Shamrock auf. Wenn ich den Eindruck bekam, daß ich mich etwas zurückziehen müsse, fiel irgend jemandem bestimmt ein Grund ein, warum das unmöglich sei. So hatte ich nur noch wenig Gelegenheit, mit der alten Dame allein zu sein. Mir fehlte zwar der Austausch, andererseits konnte ich den Verzicht gut annehmen, denn ich empfand unausgesprochen eine tiefe Verbundenheit.

Kathy und Steve fanden sich abends manchmal in White Shamrock ein. Sie kannten Cary und Ricky, und dann gab es zunächst immer eine lustige Spielstunde, bevor es bei einem Glas Cider oder Guinness gemütlich – manchmal auch besinnlich – wurde.

So gingen zwei Wochen schnell vorüber. Als sich Ricky am Samstagabend von mir verabschiedete, sagte er: „Vergiß nicht, daß du morgen früher kommen mußt."

„Warum?" fragte ich erstaunt.

„So 'ne Frage. Morgen ist doch Sonntag." Dann drehte er sich auf dem Absatz um und ließ mich etwas verständnislos zurück.

Nachdem Cary Clarke seinem Sohn gefolgt war, meinte die alte Dame lächelnd: „Er ist daran gewöhnt, daß wir sonntags gemeinsam zu St. Coleman gehen. Nach dem Gottesdienst gehen wir irgendwo essen. Aber wenn du nicht mitkommen möchtest – wir können dich auch bei O'Donnells abholen."

„Nein", sagte ich schnell. „Ich komme mit. Vielleicht hilft mir das, diesen Schritt wieder zu tun. Aber ... kannst du denn mitkommen?"

„Wenn Cary hier ist, geht manches, was sonst nicht möglich ist."

Clarke war zurückgekommen und hatte den letzten Satz mitbekommen. Er lachte. „Danke, Mama. Aber vielleicht liegt es auch einfach an deinem Vertrauen. – Noch einen Cider?"

Er holte Gläser und das Apfelweingetränk, sich selbst brachte er ein Guinness mit. Nachdem er uns eingeschenkt hatte, setzte er sich so, daß Maureen uns beide im Blick hatte.

„Mrs. Wirringer, Mama sagte, Sie würden gerne mal Donegal kennenlernen. Wir haben gemeinsam überlegt, daß wir – hm, sagen wir am Montag – rüberfliegen und eine Woche dort bleiben könnten. Um die Schönheit Donegals genießen zu können, braucht man Zeit.

Mama meinte, es sei kein Problem, daß Sie sich nächste Woche frei halten."

Ich spürte Maureens Blick und war unsicher, was ich zu diesem Angebot sagen sollte. Es kam so plötzlich.

Als hätte sie meine Gedanken gelesen, meinte sie: „Es ist sehr kurzfristig, nicht wahr? Aber Nancy möchte übernächste Woche zu ihrer Tochter nach Dublin fahren. Und ohne Nancy kann ich nicht mitfahren."

Das machte natürlich all mein Zögern hinfällig. Nachdem ich Ja gesagt hatte, legte Cary Clarke seinen Plan für die nächste Woche auf den Tisch, und als ich an diesem Abend nach Hause ging, tat ich es in freudiger Erwartung auf den Montag hin.

Aber erst kam noch der Sonntag – und mit ihm ein Ereignis, das alle unsere Pläne zunichte zu machen drohte.

Zunächst besuchten wir den Gottesdienst. Es war schon ziemlich lange her, seit ich das letzte Mal an einer Heiligen Messe teilgenommen hatte, und deshalb war ich etwas unsicher. Aber das legte sich sehr schnell, als die Atmosphäre in der Kathedrale auf mich übersprang.

Die Iren sind ein sehr religiöses Volk, der katholische Glaube – dreiundneunzig Prozent der Bevölkerung bekennen sich dazu – ist fest im irischen Alltag verankert. Gerade weil Gott seinen Platz nicht nur im sonntäglichen Gottesdienst hat, kann dieser in besonderer Weise gefeiert werden. Ich war bereit, mich von der Liturgie ansprechen zu lassen und die Gläubigkeit dieser Menschen auf mich wirken zu lassen, die gleichzeitig meine eigene Haltung hinterfragte.

Plötzlich entdeckte ich zwei Ordensschwestern unter den Gläubigen. Ich wußte, daß es in Cobh ein Kloster gab und daß diese Schwestern in einer Schule tätig waren. Aber ich war bisher noch keiner begegnet. Immer wieder während des Gottesdienstes zogen sie meine Blicke auf sich. Erinnerungen wurden wach und mit ihnen die alte schmerzliche Sehnsucht. Unweigerlich stieg die Frage hoch: Was wäre aus mir geworden, wenn ich damals anders entschieden hätte?

Wenn ich Ja gesagt hätte zu dem Ruf, den ich hörte? Wenn ich diesem Gott der Liebe Antwort gegeben hätte?

Ich konnte mich nicht wehren gegen den Wunsch, die Zeit zurückdrehen zu können, Fehler wiedergutzumachen, Verlorenes zu suchen, Entscheidungen zu revidieren. Gleichzeitig empfand ich schmerzlich die Unmöglichkeit dieses Wunsches. Es kam fast einer Erlösung nahe, als der Gottesdienst zu Ende war und wir uns auf den Weg nach Cork machten.

Cary Clarke führte uns in einen echten irischen Pub. Nachdem er sich vergewissert hatte, daß ich es nicht kannte, bestellte er Coddle, einen typisch irischen Eintopf aus Kartoffeln, Wurst und Speck. Das gemütliche und frohe Miteinander lenkte mich wieder ab von den schweren Gedanken, die mich vorher heimgesucht hatten. Wir ließen uns Zeit, gingen auch noch etwas spazieren, bis uns der Regen überraschte und ins Auto trieb.

Als wir lachend und ausgelassen in White Shamrock ankamen, trafen wir eine in Tränen aufgelöste Nancy an. Sie hatte zwei Stunden vorher einen Telefonanruf bekommen, daß ihre Tochter schwer erkrankt sei. Maureen O'Rourke reagierte sofort. „Natürlich müssen Sie sofort hinfahren."

Während Nancy ihre Tasche packte, organisierte Clarke den Flug.

Ich begegnete dem Blick der alten Dame und ahnte, was diese plötzliche Abreise bedeutete. Hatte sie nicht gesagt, ohne Nancy könne sie nicht mitfahren? Wir sprachen nicht darüber, solange Nancy noch im Haus war.

Eigenartige Gefühle beschlichen mich bei dem Gedanken, am nächsten Tag alleine mit Clarke und Ricky nach Donegal zu fahren. Ob man die Reise nicht verschieben konnte? Aber wir wußten ja nicht, wie lange Nancy fortbleiben würde.

Ohne Nancy kann ich nicht mitfahren. Natürlich brauchte sie Hilfe, aber … Ja, was machte sie denn allein in White Shamrock? Hier brauchte sie doch auch Hilfe, und wenn Nancy fort war …?

Ich wurde innerlich sehr unruhig. Gab es denn keine andere Möglichkeit? Nancys Aufgabe, ihr Dienst an Maureen O'Rourke ruhte auf der Basis tiefen Vertrauens. Sie war nicht zu ersetzen. Aber vielleicht ...

„Becci", ihre Stimme riß mich aus meinen Gedanken, „es tut mir leid. Aber unter diesen Umständen kann ich natürlich nicht mit nach Donegal fahren."

„Warum nicht?"

Sie sah mich verständnislos an, schien sogar etwas ungehalten zu sein. „Ich habe doch gesagt, daß ich ohne Nancy nicht fahren kann ..."

„Richtig. Aber was machst du *hier* ohne Nancy?"

„Ich lasse mir eine der Schwestern kommen. Sie helfen immer aus, wenn Nancy mal nicht da ist."

„Und kann diese Schwester nicht mit uns fahren?"

„Du solltest wissen, daß Ordensleute in ihrer Bewegungsfreiheit eingeschränkt sind." War da so etwas wie Spott in ihrer Stimme? Ich blieb unbeeindruckt. Da wollte sie sich abwenden.

Schnell legte ich meine Hand auf ihren Arm.

„Ich weiß ... oder ahne, wie du dich fühlen mußt", sagte ich leise. „Aber kann ich nicht Nancys Aufgabe übernehmen?"

Maureen O'Rourke sah mich überrascht an. Nach einer Weile sagte sie zögernd: „Du weißt nicht, was das bedeutet. Bei allem, wozu man Beine braucht, bin ich auf Hilfe angewiesen, auch morgens beim Aufstehen und abends beim Schlafengehen."

Ich nickte. „Ich denke, die Frage ist nur, ob du mir das zutraust und ob du das nötige ... Vertrauen zu mir hast."

Sie sah mich ein paar Sekunden fragend, forschend an, wie mir schien. Ich hielt ihrem Blick stand und lächelte. Da blitzten ihre grünen Augen auf. Sie nahm meine Hand und drückte sie fest.

„Das habe ich", lächelte sie. „Also auf nach Donegal! Ich gebe mich in deine Hand."

Kurz darauf fuhr ich zu O'Donnells, berichtete schnell von der neuen Situation, packte meinen Koffer. Kathy fuhr mich nach White Shamrock zurück. Diese Nacht sollte ich schon bei der alten Dame verbringen.

Als Cary Clarke von Cork zurückkam – er hatte Nancy zum Flughafen gebracht –, informierten wir ihn über unsere Lösung des aufgetretenen Problems.

Er lachte. „Na, wenn das kein Geschenk des Himmels ist! Aber – eine Bitte habe ich auch noch an Sie." Er zögerte einen Augenblick. „Mama und Ricky dürfen Sie beim Vornamen rufen. Könnten Sie mir dieses Recht nicht auch einräumen? Ich fühle mich sonst so – außen vor …"

Maureen lachte herzlich auf, und ihr Lachen steckte uns an.

14

Schon oft hatte ich gehört, die Grafschaft Donegal im Nordwesten Irlands sei unvergleichlich schön. Aber meine Erwartungen wurden weit übertroffen. Bergige Landschaften, zerklüftete Küsten, ständig wechselnde Wolkengebirge, durch die nur selten die Sonne hindurchdringt – all das trägt zu dem Reiz und der Schönheit Donegals bei. Wie in den anderen Teilen Irlands gibt es auch hier den goldgelben Ginster, die Fuchsienhecken, Heide und Hochmoore und riesige Schafherden. Und doch hat man nirgendwo sonst so sehr den Eindruck, dem ursprünglichen Irland zu begegnen. Hier sind das gälische Brauchtum und die gälische Sprache noch weit verbreitet. Überall trifft man auf Zeugen der Vergangenheit, seien es christliche oder vorchristliche. Donegal ist ein armes Land, aber trotzdem – oder vielleicht gerade deshalb? – verstehen die Menschen zu leben. Noch mehr als im übrigen Irland haben die Menschen Zeit, Zeit füreinander.

Wir wohnten in der Stadt Donegal in der Nähe des Diamond.

„Dieser Platz ist das Zentrum der Stadt", erklärte Maureen O'Rourke. „Hier kommen die drei Verkehrsstraßen aus Sligo, Derry und West Donegal zusammen. Siehst du dort den Obelisken? Er ist acht Meter hoch. Er wurde als Denkmal errichtet für vier Franziskanermönche. Die Ruinen ihrer Abtei sind an der Flußmündung südlich der Stadt zu besichtigen."

Von Donegal aus unternahmen wir viele Touren. Maureen und Cary wollten mir in dieser einen Woche so viel wie möglich zeigen. Cary machte vieles scheinbar Unmögliche möglich, damit Maureen an den Ausflügen teilnehmen konnte, und doch waren manche Hindernisse unüberwindlich. Mit einer bewundernswerten Selbstverständlichkeit und Gelassenheit nahm es die alte Dame hin. Sie hatte einige Bekannte und auch noch Verwandte in Donegal. Ihr Alternativprogramm sah dann so aus, daß sie diese besuchte – sofern sie nicht in der Pension blieb, weil der Tag zuvor zu anstrengend gewesen war.

„Es tut mir immer so leid, wenn sie nicht mitfahren kann", sagte ich einmal zu Cary. „Und dann beeindruckt es mich immer wieder, wie sie damit fertig wird."

„Du bewunderst sie sehr, nicht wahr?"

Ich nickte. „Und ich glaube, ich bewundere noch mehr den Menschen O'Rourke als die Schauspielerin."

Er nickte. „Das geht mir genauso. Ich habe noch nie einen Menschen wie sie kennengelernt. Aber diese innere Freiheit, die wir so sehr an ihr bewundern – glaub mir, sie hat hart darum gerungen. Ich kannte sie vorher. Ich hätte nie gedacht, daß sie das schafft ..."

Wir waren auf dem Weg zum Lough Derg, dem größten der Seen, die südöstlich von Donegal liegen. Inmitten des Sees befindet sich die Felseninsel Station Island.

„Diese Insel ist ein in ganz Europa bekanntes Pilgerziel", erklärte Clarke. „Es gibt eine Legende, daß schon der heilige Patrick hier vierzig Tage betend und fastend zugebracht hat. Wenn wir einen Monat später gekommen wären, hätten wir die Insel gar nicht betreten dürfen."

„Warum nicht?" fragte ich erstaunt.

„Von Juni bis August ist Pilgerzeit. Dann dürfen nur Gläubige die Insel betreten, das heißt solche, die beten und Buße tun wollen. Sie bleiben dann drei Tage und drei Nächte, ernähren sich nur von Toast und schwarzem Tee und laufen barfuß. Während dieser drei Tage müssen sie an bestimmten Stellen beten, zum Beispiel eine ganze Nacht lang in der kleinen Inselkirche."

„Du weißt aber gut Bescheid", bemerkte ich.

Cary lachte. „Es reizt mich sehr, selbst einmal Pilger auf Station Island zu sein. Aber der Reiz hat es bisher noch nicht bis zur Tat gebracht."

Ich sah ihn ungläubig an.

„Das traust du mir nicht zu, nicht wahr?" Er hob leicht die Schultern. „Wenn ich in Los Angeles bin, kommt mir das alles auch sehr unwirklich vor. Aber hier … Dieses Land hier ist so geprägt von der Religion, vor allem vom christlichen Glauben … Ich finde, der Anziehungskraft kann man sich einfach nicht entziehen. Ich zumindest kann es nicht."

Am nächsten Tag machten wir uns auf den Weg zu den Klippen von Slieve League. Es sollte eine Tagestour werden. Am frühen Morgen brachten wir Maureen zu dem Bauernhaus ihres Neffen, wo sie den Tag verbringen wollte. Abends wollten wir sie dort wieder abholen. Ricky begleitete uns. Wir hatten uns warm angezogen, denn schlechtes Wetter war vorausgesagt.

Die Klippen von Slieve League sind die höchsten Klippen Europas. „Amharc mor" – der keltische Name dieser Klippen – bedeutet soviel wie „großer Anblick" und weist auf ihre rauhe Schönheit hin.

Die Wolken zogen sich zusammen und verhießen nichts Gutes. Aber wir gingen so nah an die Klippen heran, wie es eben möglich war. Der Wind riß an unseren Kleidern und zerrte uns hin und her. Ricky drückte sich an mich, ich legte meine Arme um ihn, und Cary Clarke legte seinen Arm um meine Schultern. So standen wir drei und sahen auf das wunderbare Schauspiel, das sich unseren Augen bot.

Der Sturm peitschte das Meer auf, das tosend an den Klippen nagte. Krachend schlug die Brandung gegen das Gestein. Granit und Basalt bildeten einen Wall, der das Land gegen die Wut des Meeres abschirmte. Hier bekam man eine Ahnung von der Macht und Gewalt des Meeres, von seiner Unberechenbarkeit, mit der die Iren zu leben gelernt hatten. Hier bekam man auch eine Ahnung von der Größe und Allmacht des Schöpfers, der ein solches Wunder geschaffen hatte. Fasziniert und voller Ehrfurcht standen wir da und ließen die ungebändigte Natur auf uns wirken.

Ich spürte den Druck von Carys Hand an meiner Schulter und sah zu ihm auf. Er lächelte. Und ich antwortete ihm. Worte brauchten wir keine; wir hätten sie ohnehin nicht verstehen können.

Später fuhren wir weiter nach Glencolumbkille. Unsere Fahrt ging durch eine einsame, gebirgige Gegend. Das kleine Dorf liegt am Ende eines Tales. Was Glencolumbkille berühmt gemacht hat, ist sein Folk-Village-Museum, eines der besten in ganz Irland. Wir ließen uns Zeit für die Cottages, die originalgetreu wie in den Jahren 1700 bis 1900 eingerichtet waren. Die Schule machte besonderen Eindruck auf Ricky. In dem Pub kauften wir noch für Maureen eine Flasche Fuchsienwein, und nach einer Pause im Teehaus verließen wir das historische Dorf, dem es wirklich gelungen war, uns in die Vergangenheit zu versetzen.

Wir fuhren noch einmal ans Meer. Der Regen hatte wieder aufgehört, und deshalb beschlossen wir, noch einen Spaziergang zu machen. Glen Head bot sich an. Ricky lief sofort zum Wasser. Er hatte es sich in den Kopf gesetzt, eine schöne Muschel für Granny mitzunehmen – nur mußte die erst gefunden werden.

„Ricky mag dich sehr", bemerkte sein Vater.

Ich lächelte. „Ich mag ihn auch sehr. Er ist für sein Alter schon so selbstbewußt. Das gefällt mir. Er weicht so schnell nicht aus, nicht einmal einem Blick."

„Das liegt sicher daran, daß er mehr oder weniger bei Maureen aufgewachsen ist. Er war ja erst ein Jahr alt, als seine Mutter starb."

„Er vermißt sie sicher sehr ..."

„An Shirley selbst erinnert er sich nicht. Aber er fragt oft, warum er keine Mutter hat, wie seine Freunde. Er leidet vor allem darunter, wenn er dann komisch angesehen wird."

„Komisch angesehen?" Das konnte ich mir nicht erklären.

Cary Clarke nickte. „Die meisten Ehen in Hollywood halten nicht lange. Obwohl eine Scheidung mehr oder weniger an der Tagesordnung ist, wird man doch erst einmal mit Verachtung gestraft. Am schlimmsten ist es unter den Kindern. Und wenn jemand mit nur einem Elternteil aufwächst, dann denkt jeder erst einmal nicht an Tod, sondern an Scheidung."

Ich schüttelte leicht den Kopf. Ein solches Denken und Empfinden war mir fremd.

Ricky kam angelaufen und zeigte mir zwei Muscheln, die er gefunden hatte. „Sind die schön?" fragte er und sah mich dabei skeptisch an.

„Nun", begann ich vorsichtig, „es sind ganz normale Muscheln. Aber Granny freut sich bestimmt darüber."

Nachdenklich sah er auf die Muscheln in seinen Händen. Dann gab er sie mir und wandte sich an seinen Vater. „Wir bleiben noch was, oder? Dann suche ich noch weiter. Die hab' ich ja schon mal."

Cary nickte, und schnell rannte er wieder an das Wasser.

„Lebst du allein mit dem Jungen?" Als ich die Frage gestellt hatte, erschrak ich ein wenig.

Er lächelte. „Ja."

Eine Weile schwiegen wir. Ich war unsicher geworden: Wie hatte er meine Frage aufgefaßt? Ob er mehr hineingelegt hatte, als ich sagen wollte? Doch als er weitersprach, wies nichts darauf hin.

„Shirley bedeutete mir viel", sagte er. „Wir waren schon neun Jahre verheiratet, als Ricky geboren wurde, und wir waren glücklich verheiratet. Als wir erfuhren, daß sie todkrank ist, brach für uns eine Welt zusammen."

„Wie konntest du mit dieser Situation fertigwerden?"

„Maureen." Er lächelte. „Ohne sie hätte ich es nie geschafft."

„Aber – Shirley war doch ihre Tochter ..."

Er nickte. „Diese Frau ist unglaublich", sagte er leise. „Durch sie fand ich in dieser schrecklichen Situation zum Glauben zurück. Durch das, was sie sagte und wie sie lebte, begriff ich, daß es in jedem Leid –

mag es noch so groß sein – tatsächlich Hilfe gibt . Man muß sie nur erkennen und annehmen *wollen.*" Er sah mich an. „Für mich ist Maureen ein Mensch, der überzeugend lebt, was dieser Jesus Christus damals gebracht hat. Ich bin davon überzeugt: Erst im Leid erkennt man, ob ein Mensch seine Botschaft begriffen hat."

Nachdem Rickys Suche erfolgreich beendet war und er zwei wunderschöne Muscheln gefunden hatte, wollten wir nach Donegal zurück. Die Fahrt war schlimm. Es regnete Bindfäden, man konnte kaum zehn Meter weit sehen. Der Sturm riß das Steuer immer wieder herum. Es blitzte und donnerte.

Ricky hatte solche Angst, daß ich mich nach hinten zu ihm setzte und den Arm um ihn legte. Er drückte sich fest an mich, schloß immer wieder die Augen. Aber der Tag hatte ihn auch müde gemacht. Ich summte leise vor mich hin, und schließlich schlief er sogar ein

Cary mußte sich auf den Verkehr und die Straße konzentrieren. Es war nicht leicht, den Wagen unter Kontrolle zu halten. Durch den Rückspiegel begegneten sich einige Male unsere Blicke.

„Ich fahre euch erst in die Pension", sagte er schließlich. „Du kannst Ricky dann schon ins Bett bringen, wenn ich Mama abhole."

Ich nickte nur. Bei der Pension angekommen, schlief Ricky so fest, daß sein Vater ihn ins Zimmer tragen mußte. Er legte ihn auf das Bett.

„Er wird sicher gleich wach werden. Ich hoffe, daß ich bald zurück bin."

„Fahr vorsichtig", rief ich ihm nach. Er wandte sich noch einmal um und hob lächelnd die Hand.

Das Zimmer der „Männer" war mit unserem durch eine Tür verbunden. Ich ließ sie offenstehen, als ich hinüberging, um alles für Maureens Ankunft vorzubereiten. Sicher war auch sie müde und würde schnell zu Bett gehen wollen. Plötzlich stand Ricky augenreibend in der Tür.

„Wo ist Dad?"

„Er holt Granny ab …"

„Sind wir beide ganz alleine?" fragte er erstaunt.

Ich nickte. „Ist das schlimm?"

Er lachte und sprang auf mein Bett. „Mensch, das is' ja irre."

Ich mußte lachen. „Ja, das ist es. Aber trotzdem gehst du jetzt ins Bett, junger Mann."

„Erzählst du mir denn noch ein Märchen? Granny macht das auch immer." Er sah mich fragend und bittend zugleich an.

Ich tat, als würde ich überlegen. „Hm, sagen wir mal, das hängt davon ab, wie schnell du im Bett bist."

„Ganz schnell", rief er, und blitzschnell war er vom Bett runter und im anderen Zimmer. Als ich nachkam, schleuderte er gerade seine Hose quer durch das Zimmer. Die Schuhe hatte er noch an.

„Meinst du nicht, daß das die falsche Reihenfolge ist?"

„Ja, schon, aber ich kriege die Knoten nicht auf."

Ich setzte ihn kurzerhand aufs Bett und ging vor ihm auf die Knie, um die Schuhriemen zu lösen. Er sagte kein Wort. Plötzlich streckte er seine Hand aus und strich mir langsam über den Kopf. Ich sah auf und begegnete einem Blick, der mich bis tief in das Herz traf. Zärtlichkeit und Trauer kämpften in dem Jungen, und ich spürte, wie neu und schwer dies für ihn war.

Ich strich ihm die Haare aus der Stirn. Dann kniff ich ihm leicht in die Wange. „Los, weiter. Oder willst du doch kein Märchen mehr hören?"

Schnell sprang er auf. Ich half ihm beim Aus- und Anziehen. Dann sprang er ins Bett.

„Und wie ist das mit Zähneputzen?"

„Du bist wie Granny", stöhnte er, stürzte ins Badezimmer und sprang eine Minute später wieder ins Bett. „Und jetzt mußt du mir eine Geschichte erzählen."

„Hast du einen besonderen Wunsch?" Er schüttelte den Kopf. „Nun gut, dann erzähle ich dir von der Königin der Kesselflicker..."

„Kannst du mir nicht von einem Jungen erzählen?"

„Das tue ich doch. Die Königin wäre nichts ohne Jeremy Donn. Das ist nämlich der König der Kesselflicker..."

Und so erzählte ich ihm das Märchen von Fiona, der Prinzessin von Connacht, die sich weigerte, den Mann zu heiraten, den ihr Vater für sie ausgesucht hatte, nämlich den König von Irland. Fiona will sich ihren Mann selbst wählen und ihn nur heiraten, wenn sie ihn wirklich liebt. Diesen Mann findet sie in dem Kesselflicker Jeremy Donn. Mit ihm zieht sie durch das Land und sieht bald genauso heruntergekommen aus wie er. Obwohl auch er sie liebt, gibt er ihr immer wieder die Möglichkeit, in ihren Palast zurückzukehren. Aber um ihrer Liebe willen will sie auf allen Reichtum und alle Ehre verzichten. Schließlich gehen beide zur Hochzeit des Königs von Irland, und Fiona bekommt sowohl von ihrem Vater als auch von dem Kesselflicker noch einmal die Chance, in den Palast zurückzukommen. Aber sie will nicht. Da läßt Jeremy Donn seine Maske fallen: In Wirklichkeit ist er der König von Irland.

Ricky hatte fasziniert zugehört. Am Schluß lachte er. „Der ist super, der Jeremy Donn."

„Ja, das stimmt. Und weißt du, wer noch super ist?"

„Wer?"

„Der schlafende Ricky Clarke."

„Gut." Er nickte. „Kommt Granny noch mal rein, wenn sie zurück ist?"

„Ganz bestimmt tut sie das ..."

„Noch beten", sagte er und sprang noch einmal aus dem Bett. Er kniete sich davor nieder und faltete die Hände. „Du mußt anfangen."

Ich spürte meine Unsicherheit. Ich hatte noch nie mit einem Kind gebetet, hatte ja selbst erst wieder vor kurzem zu beten angefangen. Aber ich konnte nicht ausweichen. Auch ich faltete die Hände, schloß die Augen.

„Lieber Gott", begann ich, „wir danken dir für den schönen Tag, für alles, was wir heute erleben durften. Wir danken dir, daß wir wieder gesund und heil zurückgekommen sind – weil du bei uns warst ..."

„Lieber Gott, bitte paß auf Granny auf und auf Daddy und auf Becci. Laß uns gut schlafen, und dann laß uns morgen wieder so glücklich sein – wenn du willst ... Amen." Schnell sprang er ins Bett zurück.

„Zudecken!" kommandierte er.

Ich zog lachend die Decke hoch und strich ihm die Haare aus der Stirn. „Schlaf gut, Ricky." Er sah mich wieder mit diesem Blick voller Zärtlichkeit und Trauer an. Da machte ich ein Kreuz auf seine Stirn. „Gott segne dich, mein Junge."

Als ich aufstehen wollte, hielt er mich fest. „Becci?"

„Ja?"

Er zögerte einen Augenblick, dann sagte er leise: „Ich habe dich sehr lieb."

Ich lächelte. „Ich habe dich auch sehr lieb, mein Junge."

Er hielt meine Hand fest. „Becci?"

„Ja?"

„Kannst du nicht immer bei uns bleiben?"

Seine leise Frage traf mich tief. Damit hatte ich nicht gerechnet. Ich wußte auch nicht, wie ich reagieren sollte. Ich wollte ihm nicht weh tun, aber ich wollte auch keine falschen Hoffnungen wecken – und so zögerte ich unsicher.

„Das wird nicht gehen, Ricky..."

„Warum denn nicht? Magst du Granny nicht?"

„O doch, ich mag sie sehr..."

„Magst du Daddy nicht?"

„Doch, ich mag auch deinen Daddy..."

„Und mich hast du lieb. Dann kannst du doch bei uns bleiben. Wir wären dann eine richtige Familie..."

„Ricky", versuchte ich ihn zu unterbrechen.

„Weißt du, eine richtige Familie – ich, Granny, Daddy und – Mum..."

Ich schüttelte leicht den Kopf. „Ricky, es tut mir leid, aber... das geht nicht."

„Aber..."

Ich legte meinen Finger auf seinen Mund, schüttelte wieder leicht meinen Kopf. Ich merkte, wie er kämpfte. Und doch liefen ihm ein paar Tränen aus den Augenwinkeln. Ich versuchte zu lächeln, als ich ihm die Wange streichelte.

„Versuch zu schlafen, Ricky."

Er nickte leicht und schloß die Augen. Ich knipste das Licht aus. Bevor ich aufstand, drückte ich noch leicht seine Hand. Als ich zur Tür kam, sah ich Maureens Rollstuhl. Ich wollte den Jungen rufen. Schnell winkte sie ab und fuhr weiter zurück in das Schlafzimmer. Leise schloß ich die Tür hinter mir.

„Ich glaube, es ist besser, wenn ich jetzt nicht zu ihm gehe."

„Bist du schon lange da?" Ich war plötzlich furchtbar müde. Als ich mir über die Wangen fuhr, spürte ich, daß sie naß waren.

Maureen nickte.

„Warum bist du nicht hereingekommen? Er hat doch auf dich gewartet."

„Ich hatte das Gefühl, daß ich besser draußenbleiben sollte."

Ich sah sie unsicher an. „Hast du ... Hast du verstanden?"

„Nicht alles. Ich hatte nur Ricky im Blick, und auch nur von der Seite. Aber ich glaube, ich weiß, worum es ging." Sie sah mich fragend an. „Was ... hast du ihm geantwortet?"

„Es geht doch nicht, Maureen", stieß ich hervor.

„Fühlst du dich nicht wohl bei uns?"

„Doch, aber ..." Ich spürte, wie mir die Tränen die Wangen hinunterliefen. „Mein Gott, hätte ich mich nur nicht auf diese Fahrt eingelassen ..."

„Wir haben uns alle darauf gefreut – auch du."

„Ja, aber ich hätte nicht mitfahren dürfen. Es ... war ein Fehler."

„Ein Fehler?" Sie sah mich erstaunt an. „Warum ein Fehler?"

Ich gab keine Antwort, konnte keine geben. Gab es überhaupt eine?

Nach einer Weile sagte sie: „War es ein Fehler, weil du erfahren hast, daß du geliebt wirst? Und ... daß du liebst?"

Ich zuckte unter ihren Worten zusammen. Ich wollte etwas sagen, aber der forschende Blick ihrer grünen Augen ließ mich verstummen. Ich senkte den Kopf.

Eine ganze Weile saßen wir schweigend da. Plötzlich ging die Tür auf, und Cary Clarke trat herein.

„Ist das ein Wetter", stöhnte er und klopfte sich seine Jacke ab. „Da schickt man ja keinen Hund auf die Straße …" Er verstummte. „Entschuldigung. Ich störe …"

Verlegen schüttelte ich den Kopf. Maureen ergriff meine Hand. „Laßt uns zu Bett gehen. Der Tag war für uns alle anstrengend."

15

Lange fand ich keinen Schlaf. Immer wieder stand mir Rickys Bild vor den Augen, immer wieder hörte ich seine Worte, sah ich seine Tränen. In den vergangenen Wochen war etwas geschehen, das nicht rückgängig zu machen war, soviel stand fest. Aber es durfte auch nicht sein – so dachte ich und konnte doch keine Antwort auf die Frage geben, warum es nicht sein durfte.

Ich wußte nicht, wie ich mich verhalten sollte. Durfte ich Ricky weiter so begegnen wie bisher? Weckte ich dadurch nicht Hoffnungen, die nie erfüllt werden konnten? Der Abschied würde unweigerlich kommen. War er nicht ohnehin schon schwer genug?

Cary Clarke schob sich in meine Gedanken. Er wußte nicht, in welche Situation er ein paar Stunden zuvor hineingeraten war. Würde er es auch nicht erfahren? Ich mußte darauf vertrauen, daß Maureen ihm nichts sagte. Und Ricky? Wahrscheinlich würde der Junge mit seiner Großmutter sprechen; aber mit seinem Vater?

Die ganze Situation schmerzte mich. Ich hätte es nicht soweit kommen lassen dürfen. Aber – hätte ich es verhindern können? Inwieweit hatte man es in der Hand, daß Bindungen entstehen, daß Gefühle sprechen und erwidert werden? Inwieweit hatte man es in der Hand, wenn ein Kind dabei im Spiel war?

Natürlich, unsere Tage in Donegal waren gezählt. Aber durfte unser kommendes Miteinander überschattet sein von dieser abendlichen Episode? Alles war so schön gewesen, so harmonisch, so froh. Cary und

Ricky würden bald nach Amerika zurückfliegen. Die verbleibende Zeit durfte nicht getrübt werden. Und bei diesem Gedanken spürte ich tief, daß dies ganz entscheidend von mir abhing. Aber was konnte ich tun? Wie sollte ich mich verhalten? Immer wieder bohrte diese Frage, auf die ich keine Antwort fand; alles Nachdenken und Grübeln half nichts, es schmerzte nur.

Mein Blick fiel auf das Kreuz an der Wand. Maureen schlief immer mit offenem Fenster, so daß ein angenehmes Dämmerlicht im Zimmer war. Das Kreuz war deutlich zu erkennen.

„Was soll ich tun?" fuhr es mir durch den Kopf. Da fiel mir ein Gespräch mit der alten Dame von White Shamrock ein.

Es gibt Situationen, Ereignisse, mit denen wir nicht zurechtkommen ... Wenn wir leben wollen und gut leben wollen, dann müssen wir sie in Hände legen, die besser damit fertig werden ...

„Abgeben" hatte sie es damals genannt. War dies so eine Situation, die ich abgeben mußte? Ich wußte keinen Ausweg. Meine Gnade genügt dir – muß dir genügen – Rebecca!

Ich tat diesen Schritt ganz bewußt. Ich legte das Problem in Gottes Hände, voller Vertrauen, daß er handeln würde. Aber – wie würde er handeln? Nein, darüber wollte ich mir keine Gedanken machen. Maureen würde wahrscheinlich sagen: „Wie soll er handeln? Er kann nur gut handeln, er ist doch die Liebe."

Ich war plötzlich ganz ruhig, und nach einer Weile schlief ich auch ein.

Als ich am anderen Morgen aufwachte, saß Maureen schon munter im Bett und lächelte mir zu. Erschrocken stand ich auf.

„Warum hast du mich nicht geweckt?"

„Es ist noch nicht zu spät. Du hast ja lange nicht geschlafen."

„Du hast es gemerkt?"

Sie nickte. „Und wie geht es dir jetzt?"

Ich sah zum Kreuz. „Ich ... habe es abgegeben."

Ihre grünen Augen blitzten auf. „Gut."

Wie üblich machte zunächst ich mich fertig, bevor ich Maureen bei ihrer Toilette behilflich war. Als wir in das Nachbarzimmer kamen, waren die beiden Männer schon fix und fertig und warteten auf uns. Die Kerze brannte schon für das kurze Morgengebet, das wir gemeinsam sprachen. Bei der Begrüßung, die herzlich war wie an allen anderen Tagen, spürte ich, wie frei und gelöst ich Cary und vor allem Ricky begegnen konnte. Der Junge wirkte erst ein wenig unsicher, aber das legte sich schnell, als er merkte, daß sich in meinem Verhalten ihm gegenüber nichts geändert hatte.

Cary reichte Maureen die Bibel. Ihr fiel es jeden Morgen zu, den Psalm auszusuchen, den wir als Morgengebet betrachteten. Diesmal wählte sie den 37. Psalm. An einer Stelle hieß es: „Befiehl dem Herrn deinen Weg und vertrau ihm; er wird es fügen."

Unwillkürlich sah ich auf und begegnete Maureens Blick. Sie zwinkerte mir lächelnd zu.

Am Abend wurden die Koffer gepackt. Während ich mich in unserem Zimmer zu schaffen machte, war Maureen mit Ricky in dem anderen Raum; Cary war noch einmal fortgegangen. Die Tür war nur angelehnt.

Plötzlich war es sehr ruhig geworden. Ich dachte, Ricky sei eingeschlafen, und wollte Maureen zu mir holen. Aber als ich an die Tür trat, sagte sie gerade zu dem Jungen: „... dann mußt du sie mal fragen."

„Aber sie gibt doch keine Antwort." Traurigkeit lag in seiner Stimme. Unwillkürlich blieb ich stehen.

„Weißt du, Darling", sagte seine Großmutter nach einer Weile, „das gibt es, daß ein Mensch nicht sagen kann, wie er empfindet oder warum er etwas tut oder nicht tut. Dann bleibt nur das Gebet."

„Soll ich den lieben Gott bitten, daß sie bei uns bleibt?"

„Du kannst ihn darum bitten. Aber vergiß nicht, daß du ihm sagst: ‚wenn es dein Wille ist'. Du mußt auch damit rechnen, daß er es vielleicht nicht will."

„Und dann?"

Es dauerte ein paar Sekunden, bis Maureen antwortete. „Wenn er es will, dann wird sie bei uns bleiben, Darling. Aber den Zeitpunkt, den bestimmt er."

Benommen trat ich von der Tür zurück. Mehr mechanisch nahm ich die Kleidungsstücke, die auf dem Bett lagen, und legte sie in den Koffer.

Wenn es dein Wille ist ... Auch Ricky hatte gebetet „wenn du willst". Wenn Gott es wollte, dann würde ich bei ihnen bleiben. Seltsam berührten mich diese Worte und dieses Denken. Ich fühlte mich plötzlich irgendwie ohnmächtig, ja ausgeliefert. Wenn er es wollte ... Da war er wieder, der Wille Gottes, mit dem ich schon so oft Schwierigkeiten gehabt hatte. Fragte eigentlich keiner danach, was *ich* wollte?

Ich spürte, wie Protest in mir aufstieg. Da fiel mir das Wort vom Morgen wieder ein: „Befiehl dem Herrn deinen Weg und vertrau ihm." Wie schwer war es doch, zu lassen und abzugeben. Ich mußte es bewußt tun – nicht ahnend, wie sehr mich der Wille Gottes in den nächsten Wochen noch quälen sollte.

16

Kaum waren wir in White Shamrock angekommen, als schon das Telefon klingelte. Nancy war am Apparat. Sie teilte mit, daß sie gern noch ein paar Tage in Dublin bleiben würde, da ihre Tochter noch Hilfe brauchte.

„Darf ich dich bitten, noch ein bißchen hierzubleiben?" fragte mich Maureen. „Ich habe mich in deiner Obhut sehr wohl gefühlt. Natürlich bin ich abhängig. Aber du hast mir nie dieses Gefühl gegeben."

Ich lächelte. „Das hast du lieb gesagt. Natürlich bleibe ich – so lange du mich brauchst."

So ging ich nur kurz zu O'Donnells, um Kathy und Steve von unserer Rückkehr zu unterrichten. Kathy verdrehte leicht die Augen.

„Sehe ich dich eigentlich auch irgendwann noch mal? Seit du hier bist, haben wir uns noch keinen einzigen Tag gesehen – ich meine, wenn man alle Minuten zusammenzählt. Aber ...", sie zwinkerte mir zu, „dir geht es gut. Und das ist die Hauptsache."

Ging es mir gut? Diese Frage stellte ich mir, als ich nach White Shamrock zurückging. Wenn mich jemand gefragt hätte – sicher hätte ich keine Antwort geben können.

Am nächsten Tag flogen Maureen und Cary Clarke nach Dublin, um Nancy und ihre Tochter zu besuchen. Ricky blieb bei mir.

Wir fuhren ans Meer und suchten zusammen Muscheln und allerlei Strandgut. Er freute sich, daß er mich für sich allein hatte. Ich fragte ihn nach Hollywood und seinem Zuhause, und begeistert fing er an zu erzählen. Beinahe hatte ich den Eindruck, daß er mich neugierig machen wollte.

Als es für Ricky Zeit war, zu Bett zu gehen, waren seine Großmutter und sein Vater noch nicht zurück. Ich setzte mich in Maureens Sessel ans Fenster und sah in die klare Nacht hinaus auf das Meer. Ich saß schon eine ganze Weile da, als Ricky plötzlich neben mir stand.

„Ich kann nicht schlafen", sagte er leise. „Darf ich bei dir bleiben?"

Ich zögerte, wollte ihn ins Bett zurückschicken. Aber dann mußte ich lächeln und nickte nur. Er kroch auf meinen Schoß. Ich legte meinen Arm um ihn. Bevor er sich an mich kuschelte, gab er mir einen Kuß auf die Wange. Es dauerte keine fünf Minuten, da war er eingeschlafen.

Als er so in meinen Armen lag, konnte ich nicht anders als zugeben, daß ich ihn sehr liebte. Der Gedanke an den Abschied tat mir schon jetzt weh. Aber so wie ich mich jetzt an ihn gewöhnt hatte, so würde ich mich sicher auch wieder daran gewöhnen, daß er nicht mehr da war.

Der Abschied kam, unweigerlich, und sein Schatten lag schon über dieser letzten Woche. Aber wir versuchten unser Miteinander auszukosten bis zum letzten. Maureen und ich begleiteten die beiden zum Flughafen. Cary reichte mir die Hand.

„Danke", sagte er lächelnd.

„Wofür?" fragte ich. „Ich muß dir danken."

„Danke, daß ich dich kennenlernen durfte. Diese vier Wochen waren wunderschön." Er zögerte einen Augenblick; dann umarmte er mich und küßte mich auf die Wange. „Ich denke, wir sehen uns wieder, ja?"

Ich nickte nur.

Wortlos reichte mir Ricky eine der beiden wunderschönen Muscheln, die er in Glen Head gefunden hatte. Ich ging vor ihm in die Hocke.

„Aber, Ricky ..."

Schnell legte er mir seine kleine Hand auf den Mund und schüttelte den Kopf. Da schlang er seine Arme um meinen Hals. Ich drückte ihn fest an mich und spürte seine Tränen. Ich konnte nichts sagen, wortlos hielt ich ihn, bis er sich losriß, seinen Vater an der Hand nahm und ihn fortzog.

Wir sahen ihnen nach, bis wir sie nicht mehr sehen konnten. Verstohlen wischte ich mir meine Tränen fort. Maureen nahm meine Hand und drückte sie fest.

Der Alltag kehrte nach White Shamrock zurück. Und doch war alles ganz anders als vorher. Hinter uns lagen vier Wochen, die uns tief miteinander verbunden hatten, die mich geprägt hatten, auch wenn ich diesen Gedanken immer wieder beiseite schob. Ich wohnte in White Shamrock und genoß es, Maureen wieder für mich alleine zu haben.

Aber da war in mir eine innere Unruhe, die es mir schwer machte, mich auf das Jetzt einzulassen. Ich war unzufrieden mit mir selbst, mit meiner Situation, hatte auch plötzlich das Gefühl, irgend etwas tun zu müssen. Arbeiten, schoß es mir durch den Kopf. Ich hatte immer gerne und viel gearbeitet. Vielleicht würde mir auch das jetzt helfen, mich abzulenken. Abzulenken? Ich wollte mir nicht eingestehen, daß mir Ricky und sein Vater fehlten. Immer wieder war ihr Bild vor meinen Augen, und ihr Fehlen schmerzte sehr. Ich überlegte, was ich tun könnte. Sicher wäre es für Kathy ein leichtes, mich bei ihrer Zeitung unterzubringen. Aber das wollte ich nicht.

Als ich einmal alleine spazierenging, begegneten mir einige Schulkinder. Sie gingen an mir vorbei, und ich traute kaum meinen Ohren: Sie versuchten, ein paar deutsche Sätze auszutauschen. Wäre das nicht eine Möglichkeit? Deutschunterricht in der Schule. Ich könnte mich um Kinder kümmern und wäre nur eine begrenzte Zeit gebunden; denn ich wollte ja auch möglichst viel Zeit in White Shamrock verbringen. Außerdem – und das machte mir den Gedanken noch sympathischer – gehörte die Schule den Schwestern von Cobh.

Je länger ich über diese Idee nachdachte, um so mehr konnte ich mich dafür begeistern. Ich versuchte, mir den Schulalltag auszumalen, den Deutschunterricht, das Miteinander mit den Kindern. In welchem Alter mochten sie sein? Natürlich waren sie älter als Ricky. Er war ja noch gar nicht in der Schule.

Ich brauchte ein paar Tage, bevor ich Maureen von meinem Vorhaben etwas mitteilte. Sie hatte wohl bemerkt, daß irgend etwas in mir vorging, aber keine Fragen gestellt und geduldig abgewartet. Schweigend hörte sie mir zu.

Ihre Antwort kam nicht sofort. Und dann war es eine Frage.

„Wovor läufst du davon, Rebecca?"

Ich sah sie irritiert an. „Wie meinst du das? Ich möchte doch nur wieder arbeiten ..."

„Warum nicht in deinem Beruf?"

„Weil ..." Ich stockte. Ja, warum eigentlich nicht in meinem Beruf?

Maureen beugte sich ein wenig vor. „Darling, nichts geschieht in unserem Leben, das nicht einen tiefen Sinn hat. Alles, was mit uns passiert, ist Fügung Gottes. Wir können uns nicht einfach darüber hinwegsetzen."

„Was willst du damit sagen?" Verständnislos sah ich sie an.

„Das, was ich dir schon einmal sagte: Unser Leben kann nur gelingen, wenn wir unsere Berufung leben ..."

„Und wenn dies meine Berufung ist?"

„Bist du ganz sicher, daß dein Vorhaben der Wille Gottes ist und nicht nur ein Fluchtweg?"

„Aber …" Ich schluckte. Dann stieß ich hervor: „Verstehst du denn nicht? Ich will endlich meinen Weg finden und glücklich werden."

„Ich verstehe dich sehr gut. Aber du wirst nur dann glücklich werden, wenn dein Weg der Weg ist, den Gott mit dir gehen will. Wenn du vor seinem Weg davonläufst, wirst du nie glücklich werden."

„Aber woher weiß ich denn …"

„Nimm endlich deine Gefühle ernst. Höre auf die Stimme in dir, Darling. Schütte sie nicht zu mit deinen Wünschen und Vorstellungen und Ideen. Und verlaß dich auf diese Stimme. Öffne dich doch für seine Zeichen. Nur dann findest du deinen Weg."

Sie hob mein Kinn etwas an, sah mir fest in die Augen. „Du mußt daran glauben, Becci: Nichts geschieht, was nicht von *ihm* für dich gewollt ist. Du brauchst den Sinn nicht sofort zu kennen. Du mußt nur vertrauen, daß es ihn gibt."

Wir sprachen nicht weiter darüber. Maureen wußte, daß mich ihre Worte sehr getroffen hatten. Sie spürte, wie sehr sie mich beschäftigten, und ich wußte, daß sie für mich betete. Ich selbst tat dies, wie lange nicht mehr zuvor. Oft hielt ich mich in dem kleinen Andachtsraum in White Shamrock auf, las in Maureens Bibel und versuchte, vor Gott still zu werden, um zu erkennen, was ich tun sollte. Das kleine Stoßgebet „Herr, zeige mir den Weg, den ich gehen soll" kam immer wieder über meine Lippen.

Nur zu deutlich empfand ich die innere Sperre, die mich daran hinderte, mein Leben und damit meinen Willen zu übergeben und mich dem zu öffnen, was er für mich bereithielt. Woran lag das nur? Ahnte ich die vollkommene Veränderung meines Lebens? Machte mir das Neue Angst, weil ich mich zu sehr gefordert, ja überfordert fühlte? Warum konnte ich den Sprung nicht tun und daran glauben, daß er – wie Maureen es ausdrückte – auch die Kraft gab zu dem, was er erwartete? Warum fiel sein Wort „Meine Gnade genügt dir" nicht tiefer, sondern blieb im Kopf hängen, wo es so viele Gegenargumente hervorrief?

In jenen Tagen machte ich die Erfahrung, wie der Weg zum eigenen Herzen verbaut sein kann, wie man taub sein kann für die Sprache dieses Herzens. Ich verstand nicht oder wollte nicht verstehen. Statt dessen dachte ich immer wieder die Möglichkeit durch, in der Klosterschule Deutschunterricht zu geben. Diese Idee hatte sich in meinem Kopf festgesetzt – und schließlich war ich fest davon überzeugt, daß dies der Weg war, den Gott für mich wollte. Ich überdachte die Schritte, die getan werden mußten, und nahm mir vor, bei der Direktorin vorzusprechen.

Nachdem ich es immer wieder hinausgeschoben hatte, stand ich eines Tages doch vor dem Schultor. Ich zögerte noch. Da läutete es zur Pause, und Hunderte von Kindern und Jugendliche strömten auf den Hof. In diesem Durcheinander und Lärm wollte ich mir den Weg zum Sekretariat nicht erfragen. Ich kehrte um. Ähnlich ging es mir noch zweimal. Ich stand an dem Tor, sah das Schulgebäude vor mir, grüßte einige Lehrer und Schüler, die mir begegneten, und fand immer wieder einen Grund, nicht hineinzugehen und diesen Schritt auf einen späteren Zeitpunkt zu verschieben.

Erst später erkannte ich, daß dies wieder eine der vielen Gelegenheiten war, in denen ich nicht verstand … eine Gelegenheit, in der mich Gott beinahe brutal wecken mußte. Und das tat er schließlich auch.

Da Nancy noch immer nicht zurück war, fielen mir auch die hauswirtschaftlichen Dinge in White Shamrock zu. Unter anderem mußte ich für unseren kleinen Haushalt die Einkäufe erledigen. Als ich eines Vormittags vom Laden zurückkam und Maureen im Wohnzimmer aufsuchte, spürte ich sofort, daß etwas geschehen war. Sie saß mit gefalteten Händen im Sessel, die Augen waren feucht.

Erschrocken kniete ich mich neben ihren Sessel nieder. „Maureen, was ist denn?"

„Cary hat telegraphiert …"

„Ja?" Ich sah, wie schwer ihr das Sprechen fiel.

„Ricky …"

„Was ist mit Ricky?" Ich wagte kaum zu atmen.

Sie schluckte, dann sprach sie so leise, daß ich sie kaum verstehen konnte. „Ricky ... ist von einem Auto angefahren worden ... Es muß schlimm sein ... Cary schreibt, daß die Ärzte ... daß die Ärzte wenig Hoffnung ..."

Sie konnte nicht weitersprechen. Erschüttert nahm ich sie in den Arm. Ricky! Das konnte, das durfte doch nicht sein.

Maureen löste sich von mir, wischte sich die Tränen ab. „Du mußt am Flughafen anrufen. Vielleicht ist in der Vier-Uhr-Maschine noch Platz. Wenn wir uns beeilen ... Du kommst doch mit?"

Ich stand eilig auf. „Das schaffen wir."

Ich half Maureen in den Rollstuhl, damit sie nicht untätig in ihrem Sessel sitzen mußte. Dann rief ich am Flughafen an. In der Maschine war tatsächlich noch Platz. In fieberhafter Eile packte ich unsere Koffer, benachrichtigte Kathy in der Redaktion. Sie kam sofort von Cork herüber und fuhr uns zum Flughafen.

Wir sprachen kaum auf der Fahrt und auf dem Flug nach Dublin. Beim Umsteigen in die Maschine nach Amerika gab Maureen mir einige Hinweise, ansonsten überließ sie alles mir. Carys Telegramm hatte sie sehr erschüttert, sie brauchte Zeit, um die Fassung wieder zu erlangen. Mir ging es ähnlich. Immer wieder stand Rickys Bild vor meinen Augen, seine roten Haare, seine lachenden Augen. Ich war froh, daß ich etwas tun konnte, was mich von der bohrenden Frage nach dem Warum ablenkte.

Maureen tastete nach meiner Hand, als wir endlich in dem Flugzeug nach New York saßen. Sie sah müde und abgespannt aus. Aber sie lächelte. „Danke, Darling."

Ich schüttelte leicht den Kopf. „Maureen, ich verstehe nicht, warum ..."

„Ich verstehe auch nicht", unterbrach sie mich schnell. „Aber das ist auch jetzt nicht wichtig. Ich weiß, daß Ricky nicht alleine ist. Und ich weiß, daß wir nicht alleine sind."

„Weißt du das?" Der Zweifel in meiner Stimme, die Angst waren unüberhörbar.

Sie zögerte einen Augenblick. Dann sagte sie mit fester Stimme: „Ich muß auch darum ringen, aber ich glaube daran … daran, daß … alles, was er fügt, zu unserem Guten ist."

Meine Augen wurden feucht. Schnell wandte ich mich ab.

Auf dem langen Flug nach New York und weiter nach Los Angeles sprachen wir kaum ein Wort miteinander. Immer wieder sahen wir uns an, hielten uns an der Hand und gaben einander so das Gefühl, nicht allein zu sein, das Schwere gemeinsam zu tragen. Maureen saß oft mit geschlossenen Augen, und ich wußte, daß sie betete.

„Wir können gar nichts tun, Becci", sagte sie einmal. „Abgeben. Versuch es abzugeben. Halte dich an einem Wort fest, sonst schaffen wir es nicht."

Ich wehrte mich nicht gegen meine Gefühle. Weder gegen das Gefühl der Liebe noch gegen das der Angst oder der Ohnmacht. Aber ich wehrte mich gegen die Fragen, die mich bedrängten, gegen die bohrende Frage nach dem Warum. Ich kämpfte dagegen und spürte, wie mir Maureens Haltung Kraft dazu gab.

„Meine Gnade genügt dir" – das war das Wort, an dem ich mich festhielt. Immer wieder rief ich es mir wie eine Waffe ins Bewußtsein.

„Hast du Cary Bescheid gegeben", fragte ich, als wir endlich in Los Angeles landeten.

„Er weiß nur, daß wir kommen."

Jetzt übernahm Maureen die Führung, sie kannte sich ja aus. Clarkes Villa befand sich in Beverly Hills. Damals nahm ich die Schönheit des Hauses gar nicht wahr. Als wir ausstiegen, war ich plötzlich wie elektrisiert, und die Angst, die in den letzten Stunden etwas nachgelassen hatte, holte mich wieder ein.

Wortlos zeigte mir Maureen den Weg zum Wohnzimmer. Als ich ihren Rollstuhl hineinschob, trafen wir Cary auf dem Sofa sitzend an, vor sich eine Flasche Whiskey. Seine Haare hingen ihm ins Gesicht, sein Bart wirkte ungepflegt. Schwarze Ränder unter seinen Augen verliehen ihm ein düsteres Aussehen. Er bemerkte uns nicht, als wir hereinkamen.

„Cary." Maureens Stimme war ungewöhnlich kalt.

Er zuckte zusammen, stand erschrocken auf. „Mama ... Rebecca ..."

Sein Anblick hatte mich entsetzt. Jetzt packte mich eine wahnsinnige Wut. Ich trat an ihn heran, packte die Flasche und schleuderte sie in den Kamin.

„Könnt ihr Männer eigentlich nicht anders mit Schwerem fertig werden?" fuhr ich ihn an. „Glaubst du, mit Whiskey im Kopf kannst du Ricky eine Hilfe sein?"

Er starrte mich an. „Was ... was fällt dir eigentlich ein?"

„Halt den Mund, Cary", unterbrach ihn Maureen scharf. „Wo ist Ricky?"

Kaum hatte er den Namen des Krankenhauses genannt, da gab sie mir ein Zeichen, und wir verließen das Haus. Sie hatte das Taxi warten lassen. Dem Fahrer versprach sie jetzt ein hohes Trinkgeld, wenn er sich beeilte.

Ricky lag auf der Intensivstation. Die Schwestern wollten uns nicht vorlassen. „Nur engste Familienangehörige, also die Eltern."

Maureen wurde ungeduldig und ärgerlich. „Ich möchte den Arzt sprechen."

Ihre Stimme ließ keinen Widerspruch zu. Zähneknirschend benachrichtigte die Krankenschwester den Arzt. Es dauerte nur fünf Minuten, bis er kam, aber diese fünf Minuten kamen uns vor wie eine Ewigkeit. Schon an der Tür sagte der Arzt: „Es tut mir leid, meine Damen, aber ich darf ..."

Ich berührte Maureen an der Schulter. Mit einem Ruck hatte sie ihren Rollstuhl umgedreht.

„Maureen", rief der Arzt überrascht. „Du?" Erfreut nahm er ihre Hand.

„Ja, ich", sagte sie fest, „und ich möchte zu Ricky ..."

„Nur die Eltern dürfen zu den Kindern auf die Intensivstation", entgegnete er entschuldigend.

Sie nickte. „Ich weiß. Der Junge ist mein Enkel, und Rebecca – ist seine Mutter."

„Ach ... Entschuldigen Sie", fügte er noch in meine Richtung hinzu. „Das wußte ich ja nicht." Er gab der Schwester ein Zeichen, damit sie uns Kittel reichte.

„Wie sieht es aus, Dan?" fragte Maureen.

Der Arzt machte ein besorgtes Gesicht. „Nicht gut, Maureen. Und wenn kein Wunder geschieht ..." Er hob leicht die Schultern.

Gleich darauf standen wir an Rickys Bett. Sein Kopf und sein Oberkörper waren verbunden, ein Bein schien gebrochen zu sein. Mehrere Schläuche hingen ihm aus Mund und Nase, er selbst war bewußtlos.

Wir streichelten sein Gesicht, seine Hand und kämpften mit den Tränen. Der Arzt hatte uns begleitet. „Wir wissen nicht, was der Kopf abbekommen hat ..."

„Dürfen wir bei ihm bleiben? Ist es gut, wenn jemand von uns bei ihm ist?"

Der Arzt nickte nur und rückte für mich einen Stuhl an das Bett. „Bitte, Mrs. Clarke."

Ich sah unsicher zu Maureen, sie reagierte nicht. Erst als der Arzt draußen war, sagte sie leise: „Entschuldige. Es gab keine andere Möglichkeit; sonst hättest du draußen bleiben müssen."

Ich nickte nur.

Wir waren erschöpft von dem Flug. Das schweigende Sitzen an Rickys Bett ermüdete noch mehr. Nach einer Weile nickte Maureen ein. Ich zwang mich, wach zu bleiben, stand immer mal wieder auf und ging ein paar Schritte hin und her. Als sie wieder zu sich kam, meinte sie, wir sollten doch erst einmal nach Beverly Hills fahren.

„Ich dachte, Cary käme vorbei. So müssen wir eben noch mal ein Taxi nehmen."

Wir drückten Ricky die Hand und fuhren zurück zu Clarkes Villa. Er selbst war nicht da. Maureen nahm es wortlos zur Kenntnis. Wir machten uns frisch, und ich legte mich für eine Stunde hin, damit ich später wieder ins Krankenhaus fahren konnte, denn ich wollte die Nacht über bei Ricky bleiben.

Ich hatte die Tür aufgelassen und wurde durch erregte Stimmen geweckt. Ricky, schoß es mir durch den Kopf. Eilig stand ich auf und lief zum Wohnzimmer.

„Du benimmst dich, als hättest du keinen Verstand!" Maureen war wütend. „Du solltest an der Seite deines Sohnes sein. Gott weiß, wie lange du dazu noch Gelegenheit hast."

„Mama!"

„Du weißt, wie schlimm es um ihn steht. Dan Rogers sagte, wenn er nicht morgen zu Bewußtsein kommt, dann ..."

Cary hielt sich die Ohren zu. „Hör auf, ich will es nicht hören ..."

Ich war in den Raum getreten und stand neben Maureens Rollstuhl. Sie sah zu mir auf. „Willst du wieder fahren?"

Ich nickte. „Wie ist es mit dir?"

„Cary kann mir gleich ins Bett helfen. Fahr nur."

Ich begegnete Carys Blick. „Entschuldige", sagte ich nur.

Er warf mir den Autoschlüssel zu. „Nimm den Wagen."

„Sie kennt sich hier doch nicht aus", warf Maureen gereizt ein.

Cary fuhr mich zum Krankenhaus. Ich bat ihn, wenigstens kurz mit zu Ricky hineinzukommen. Als wir auf die Intensivstation kamen, fragte ich die Schwester, ob ich die Nacht bei dem Jungen verbringen dürfte.

„Aber natürlich, Mrs. Clarke."

Überrascht sah Cary mich an. Ich winkte schnell ab und klärte die Sache erst auf, als wir allein waren. Er lächelte leicht, bevor er an Rickys Bett trat. „Junge, mach, daß du wieder gesund wirst. Ich brauche dich."

An der Tür wandte er sich noch einmal um. „Danke, daß du bei ihm bleibst. Ich kann es nicht."

Ich nickte nur.

Diese Nacht und der nächste Tag wurden die längsten in meinem Leben. Ich saß an Rickys Bett, streichelte ihn oder sprach mit ihm, immer darauf hoffend, daß irgend etwas in sein Bewußtsein drang. Er aber zeigte keine Reaktion. Immer wieder nickte ich ein, um dann nach einem kurzen wilden Alptraum aufzuschrecken.

Ich kämpfte gegen die Angst und versuchte, Maureens Worte zu verdrängen: „Wenn er morgen nicht aufwacht ..." Ich bestürmte den Himmel, und in meiner Hilflosigkeit und Ohnmacht wurden meine Gebete immer einfacher und kürzer. Schließlich war es nur noch der Name „Jesus", der in meinem Herzen widerhallte, mir sogar ein wenig Ruhe verschaffte.

Im Laufe des Vormittags kamen Maureen und Cary für eine Stunde vorbei. Ich sah Maureen an, daß sie wenig und schlecht geschlafen hatte – und offenbar hatte ihr auch niemand bei der nötigen Toilette geholfen. Als beide fort waren, begann wieder die zermürbende Warterei. Ich wollte nicht denken, wollte nur hoffen, hoffen, hoffen und – glauben ...

Am Spätnachmittag kam Doktor Rogers wieder vorbei. Er legte mir die Hand auf die Schulter. „Gehen Sie einen Augenblick raus und trinken Sie einen Kaffee. Sie halten das sonst nicht mehr lange durch."

Ich nickte nur. Im Stationszimmer erwartete mich schon eine Schwester. Sie reichte mir eine Tasse und suchte nach helfenden Worten, das war deutlich. Aber sie fand keine. So legte sie mir nur die Hand auf den Arm.

„Mrs. Clarke!"

Ich reagierte nicht sofort.

„Mrs. Clarke! Kommen Sie schnell." Eine andere Krankenschwester stand vor mir. Ja, sie meinte mich.

„Mrs. Clarke, der Junge ... Kommen Sie schnell ..."

Ich starrte sie an. Was war passiert? Sekundenlang lähmte mich die Angst. Dann sprang ich so schnell auf, daß die Tasse zu Boden fiel. Als ich in die Kabine kam, stand Dr. Rogers am Bett und – sprach mit Ricky!

„Deine Mum ist hier, mein Junge. Sie wird gleich kommen."

Ricky sah ihn mit ausdruckslosem Gesicht an. Natürlich konnte er das nicht verstehen. Als ich zu dem Doktor trat und sein Blick mich erfaßt hatte, da huschte ein Lächeln über sein Gesicht.

„Ricky, Darling", flüsterte ich und nahm seine Hand. „Jetzt wird alles wieder gut."

Seine Augen leuchteten kurz auf. Dann schloß er sie wieder, aber seine Hand hielt meine fest.

Ich wischte mir die Tränen ab, sah den Arzt an.

Er nickte. „Ich habe wieder Hoffnung, Mrs. Clarke."

Ja, wir konnten wieder Hoffnung haben, und diese Hoffnung beflügelte uns alle. Sie gab uns Kraft, die schwere Situation zu tragen.

Ricky war wieder bei Bewußtsein, und bald sprach er auch wieder. Das erste Mal tat er es, als Maureen dabei war. Ganz deutlich sprach er sie an: „Granny." Und dann tastete er nach meiner Hand und sagte leise: „Mummy."

„Es wäre gut, Mrs. Clarke, wenn Sie, so oft es geht, bei Ihrem Sohn wären", meinte Dr. Rogers. „Für die Genesung bei Kindern ist das ganz wichtig."

Unsicher sah ich Maureen an. Sie gehörte an Rickys Bett, nicht ich. Sie nickte nur. „Bleib, Darling. Ich bin hier, wann immer es geht."

Rickys Genesung machte schnelle Fortschritte. Bald konnte er von der Intensivstation in ein normales Krankenzimmer verlegt werden. Jetzt konnte ich ungestört mit ihm sprechen und ihm Geschichten erzählen. Der Junge selbst blieb sehr ruhig, sprach auch sehr wenig.

„Sie wissen, daß wir noch keine Klarheit haben, ob sein Gehirn bei dem Unfall beschädigt wurde", meinte Dr. Rogers. „Versuchen Sie, ihn zum Spielen zu animieren. Und dann beobachten Sie ihn und seine Reaktionen: Reagiert er so wie vor dem Unfall oder anders?"

Ricky ließ sich schwer zum Spiel motivieren, nicht einmal zu seinem geliebten Würfelspiel. Er sah mich immer nur mit großen, fragenden Augen an. Auf unsere Fragen gab er nur kurze Antworten. Von sich aus erzählte er wenig. Sollte er tatsächlich behindert sein? Ich konnte es nicht glauben.

„Jesus", betete ich flehentlich. Und wenn er behindert war? Ihm sollte auch dann nichts fehlen. Ich würde ihm immer mit der gleichen Liebe begegnen. Und ich wußte, Maureen und Cary dachten ebenso. „Du weißt es, dein Wille geschehe." Noch nie hatte ich in dieser Weise gebetet. Jetzt gab es mir eine große Gelassenheit.

Seitdem es Ricky besser ging, war ich nicht mehr ununterbrochen an seinem Bett. Maureen bestand darauf, daß ich auch wieder an mich dachte und mir die nötige Ruhe gönnte. Wenn ich daheim war, blieb sie bei Ricky. Da er nachts jetzt meistens durchschlief, brauchte niemand mehr bei ihm zu sein, und wenn er morgens aufwachte, saß ich meistens schon neben seinem Bett.

Eines Abends sagte Maureen, als ich ihr ins Bett geholfen hatte: „Der Junge ist nicht behindert."

Ich setzte mich auf ihre Bettkante. „Ich kann es ja auch nicht glauben. Aber ... er verhält sich so ... so eigenartig."

„Das hat einen anderen Grund, Becci."

Fragend sah ich sie an.

„Er ... hat Angst", sagte sie leise.

„Angst?" wiederholte ich verständnislos. „Wovor?"

„Vielleicht kannst du es dir denken?" Sie sah mich forschend an.

Ich schüttelte den Kopf. „Hat er es dir gesagt?"

Sie nickte. Zögernd nahm sie meine Hand, drückte sie leicht.

„Im Krankenhaus meint man, du seist seine Mutter. Sicher, das ist meine Schuld. Aber es ist nun mal so. Und Ricky selbst nennt dich Mummy ... Verstehst du?"

Ja, ich verstand. Einen Augenblick schloß ich die Augen. „Was soll ich tun, Maureen?"

„Das kann ich dir nicht sagen. Aber ich denke, es ist wichtig, daß er wieder gesund wird."

„Und dann?"

Sie wich meinem Blick nicht aus, aber sie gab auch keine Antwort. Plötzlich hob sie die Hand und machte mir ein Kreuz auf die Stirn, ganz bewußt und ganz langsam.

17

Wie so oft in jenen Wochen fand ich keinen Schlaf. Schließlich hielt ich es im Bett nicht länger aus. Ich zog meinen Morgenmantel an und ging durch das Wohnzimmer auf die Terrasse. Draußen war es kühl, aber der leichte Wind tat mir gut. Ich sah in die dunkle, sternenklare Nacht hinaus und wußte plötzlich ganz sicher, was ich tun würde. Ja, Ricky mußte gesund werden. Genau so sicher war ich plötzlich, daß ich mir über das Danach keine Gedanken zu machen brauchte. Ich konnte und durfte das abgeben, und wenn die Zeit da war, dann würde ich mit der gleichen Sicherheit wissen, was ich dann tun sollte.

Cary kam mir in den Sinn. Bei all dem spielte er ja keine unbedeutende Rolle. Ich wußte gar nicht, wie er dachte und empfand. Seit ich in Hollywood war, hatte ich ihn kaum zu Gesicht bekommen.

„Ist dir nicht zu kalt?"

Ich zuckte zusammen. Wie seltsam, daß er gerade jetzt neben mir stand, als ich an ihn dachte. Ich schüttelte nur den Kopf. Eine Weile stand er schweigend neben mir. Schließlich sah er mich von der Seite an.

„Ich danke dir, daß du bei Ricky bleibst. Ich könnte das nicht. Seit damals ... Weißt du, ich hasse Krankenhäuser."

„Das ist verständlich", sagte ich. „Und ich denke, daß er bald entlassen wird."

„Und dann?"

Da war sie wieder, die Frage nach dem Danach. Diesmal kam sie von Cary.

„Was meinst du?" wich ich aus.

„Du bist wegen Ricky gekommen. Was wirst du tun, wenn er wieder zu Hause ist?"

„Wir müssen sehen, daß er möglichst schnell wieder fit wird." Ich lächelte kurz. „Ich werde euch dabei helfen."

Er zögerte einen Augenblick. Dann sagte er leise: „Wir haben dich sehr vermißt."

Ich gab keine Antwort.

„Könntest du dir nicht vorstellen, bei uns … ich meine … bei mir zu bleiben?"

Ich lachte kurz auf. „Du meinst so etwas wie ‚Vernunftehe wegen Kind'?"

Er gab nicht sofort eine Antwort, meine Reaktion hatte ihn sicher verletzt. Ich spürte seinen fragenden, forschenden Blick auf mir ruhen.

„Du hast mir sehr gefallen, Rebecca. Und seit du hier bist, weiß ich, daß ich dich – brauche. Nicht nur der Junge braucht dich … Auch ich …"

„Aber Cary", entgegnete ich ungeduldig und überspielte damit meine eigene Unsicherheit. „Wir kennen uns doch erst einige Wochen. Du weißt nichts von mir, und ich weiß kaum etwas von dir."

„Wir können uns doch kennenlernen." Er lächelte. „Und dann frage ich dich noch einmal. Du brauchst mir jetzt gar keine Antwort zu geben. Aber du sollst wissen, daß ich mir eine gemeinsame Zukunft vorstellen kann – sehr gut vorstellen kann."

Ich erwiderte sein Lächeln. Unsicher suchte ich nach Worten und fand keine.

Er trat näher zu mir heran und legte seinen Arm um mich. Seine Augen sahen mich zärtlich an. Sein Gesicht, seine Lippen kamen näher. Schnell hob ich meine Hand und legte sie auf seinen Mund. Ich schüttelte leicht den Kopf.

„Bitte nicht, Cary – noch nicht."

Er nickte. „Aber – du vergißt nicht, daß ich dich liebe?"

„Nein." Ich schüttelte den Kopf. „Ich vergesse es nicht."

Ich sah ihn an. Seine Augen leuchteten, sein Lächeln schenkte soviel Sicherheit. Er hielt mich noch immer umfangen. Ich löste mich aus seiner Umarmung, lächelte ihm noch einmal zu und ging dann zurück.

Am nächsten Morgen sah ich Cary nicht, er war schon früh in sein Büro gefahren. Erleichtert nahm ich es zur Kenntnis. Maureen wollte mit ins Krankenhaus kommen. Auf der Fahrt dorthin fragte sie: „Hast du eine Entscheidung getroffen?"

„Ja, Ricky muß so schnell wie möglich wieder gesund werden." Ich lächelte. „Was dann geschieht, darüber mache ich mir jetzt keine Gedanken. Jetzt muß ich so handeln. Und wie es dann weitergeht ... *Er* wird es schon wissen."

Lachend drückte sie mir die Hand. „So gefällst du mir, Darling. Genau das ist die richtige Haltung. Was wir nicht ändern können, das müssen wir eben ruhig lassen. Gott hat seine Zeit. Wir dürfen ihm nicht vorarbeiten wollen. Wir müssen warten, bis seine Stunde gekommen ist."

„Nun ja, manchmal hat er allerdings einen langen Atem."

Maureens grüne Augen leuchteten glücklich auf, sie lachte. Und ihr befreiendes Lachen steckte mich an.

Ricky freute sich über unser Kommen und zeigte dies seiner Großmutter auch sehr deutlich. Bei mir verhielt er sich wie immer sehr zurückhaltend. Es war schwer, ihn zum Spielen zu motivieren. Er wollte einfach nicht.

„Aber Ricky", sagte ich, „wie soll das denn werden, wenn du wieder zu Hause bist? Wir können doch nicht den ganzen Tag auf deinem Zimmer sitzen und Däumchen drehen."

Er gab keine Antwort.

„Darling", warf Maureen ein, „ich habe schon so lange nicht mehr dein Lieblingsspiel gespielt ..."

„Ihr könnt es doch zu Hause spielen", entgegnete er kurz.

„Das ist nicht dasselbe! Da bist du doch nicht dabei. Mit dir macht das doch viel mehr Spaß."

Als der Arzt hereinkam, waren wir gerade soweit, daß ich das Spiel aus der Nachttischschublade geholt hatte. Eine Zeitung unter dem Arm, trat er lächelnd an das Bett.

„Na, junger Mann, wie geht's dir?"

„Gut."

„Du bist ja immer noch nicht sehr gesprächig", stellte Dr. Rogers fest. „Das wird sich sicher ändern, wenn du wieder zu Hause bist." Er wandte sich an Maureen und mich. „Nächste Woche will ich die Fäden am

Kopf ziehen. Dann kann er eigentlich entlassen werden. Das Gipsbein tut nichts zur Sache." Er sah wieder Ricky an. „Dann muß dich deine Mutter erst einmal aufpäppeln. An dir ist ja nichts mehr dran."

„Darauf können Sie sich verlassen", sagte ich und zwinkerte Ricky zu. „Und das wird sicher lange dauern."

„Wenn er ordentlich ißt", antwortete der Arzt, „dann kann er Weihnachten sein normales Gewicht wieder haben."

„Ich esse nicht viel", warf Ricky ein.

Seine Großmutter lachte laut auf. „Du bist ein Gauner, Ricky. Aber warte erst einmal die Kochkünste deiner Mutter ab ..."

„Wir kriegen das schon hin." Ich lächelte dem Jungen zu. „Es kann ja auch ruhig länger dauern, nicht wahr?"

Ricky war aufmerksam geworden. Neugierig sah er mich an.

Dr. Rogers wandte sich an Maureen. „Wie ist das mit dir, Maureen? Bleibst du uns jetzt mal eine Weile erhalten?"

Sie lachte. „Wenn man mich in Ruhe läßt, ja."

„Na, mit der Ruhe wird es nicht so weit her sein. Hollywood weiß, daß du da bist."

„Wie meinst du das?"

Er lachte und reichte ihr die Zeitung. „Hier, die habe ich eigentlich für dich mitgebracht. Spätestens morgen werden dir einige alte Freunde die Bude einrennen."

Maureen hatte die Zeitung entgegengenommen und neugierig aufgeschlagen. Sie schüttelte den Kopf. „Das gibt's doch nicht. Woher wissen die das? Hast du einen Spitzel hier im Krankenhaus?" Ein spöttisches Lächeln spielte um ihre Lippen. „Gott sei Dank haben sie ein altes Bild genommen. Oder wäre es vielleicht doch besser gewesen, ein neues zu nehmen? Dann würden sich manche der alten Freunde überlegen, ob sie morgen erscheinen."

Der Arzt lachte. „Du bist wirklich die alte geblieben. Charmant wie vor zwanzig Jahren. Hast du da drüben ein geheimes Übungsfeld?"

Sie zwinkerte ihn belustigt an. „Wer weiß? Es sind ja nicht nur Männer, die sich die Köpfe verdrehen lassen."

Lachend schüttelte er den Kopf, hob kurz die Hand und verließ das Krankenzimmer. Maureen lächelte mir zu. „Sicher ist es ein Kompliment, daß man sich nach so vielen Jahren noch an die O'Rourke erinnert, meinst du nicht?"

Ich konnte gar keine Antwort geben. Ricky hatte ungeduldig darauf gewartet, daß der Doktor ging.

„Mummy ...", begann er vorsichtig.

Dadurch, daß ich mich sofort ihm zuwandte, wurde auch Maureen aufmerksam und sah ihn an.

„Mummy, bleibst du wirklich bis Weihnachten?"

„Natürlich, Darling", antwortete ich munter, „du mußt wieder ganz fit werden. Und ich glaube, daß Granny und Daddy das viel besser mit dir schaffen, wenn ich ihnen helfe, oder?"

Er nickte, und sein kleines Gesicht hellte sich etwas auf. „Und was ist nach Weihnachten?"

Ich tat nachdenklich. „Ich habe gehört, daß der Winter in Kalifornien wunderschön sein soll. Meinst du nicht, ich sollte den Winter über hier bleiben?"

„Ehrlich?" Vorsicht und Begeisterung kämpften in ihm. Das war deutlich. Ich nickte nur.

„Und dann?"

„Weißt du, Ricky, bis dahin ist noch eine so lange Zeit. Wir wissen jetzt noch nicht, was der liebe Gott mit uns vorhat. Wollen wir nicht warten, bis es soweit ist?"

Er wirkte unsicher, wußte nicht recht, wie er reagieren sollte.

„Darling", sagte Maureen, und sofort sah er sie an. „Du kannst dem lieben Gott ja sagen, was du gerne hättest, was dann passiert, oder?"

Sie zwinkerte ihm zu. Da fing er zu lächeln an. Er setzte sich im Bett auf und sagte: „Wollt ihr immer noch verlieren? Dann spielen wir jetzt."

Das Eis war gebrochen, und Ricky taute zusehends auf. Bald füllte sein lebhaftes, triumphierendes Lachen das Krankenzimmer, und als die Krankenschwester sein Essen brachte, staunte sie nicht schlecht.

„Nanu, bist du wirklich der kleine Ricky Clarke?"

Er schüttelte übermütig den Kopf. „Nein, ich bin der große Ricky Clarke."

Sie lachte. „So gefällst du mir schon viel besser. Aber was ist denn passiert?"

„Das ist unser Geheimnis", zwinkerte ich ihm lächelnd zu.

Er nickte. „Das ist unser Geheimnis", wiederholte er wichtig.

Während Maureen Ricky beim Essen behilflich war, nahm ich die Zeitung in die Hand. Ein O'Rourke-Bild in Postkartengröße lachte mich an, daneben die Schlagzeile: „Rückkehr? Maureen O'Rourke in Hollywood". Ich überflog den Artikel und freute mich über das positive Echo, das ihr plötzliches Auftauchen ausgelöst hatte. Der Berichterstatter wußte auch den Grund. Wahrscheinlich gab es tatsächlich jemanden im Krankenhaus, der Nachrichten hinausgetragen hatte.

Gerade wollte ich die Zeitung aus der Hand legen, als mir der letzte Satz bewußt wurde. Ich las ihn noch einmal: „Von dem Fahrer, der den Sechsjährigen lebensbedrohlich verletzte, fehlt noch immer jede Spur."

„Was soll das heißen?" fragte ich verständnislos.

Maureen reagierte nicht. Sie war mit Ricky beschäftigt und hatte nicht bemerkt, daß ich sie angesprochen hatte. Schnell legte ich meine Hand auf ihren Arm. Sie sah auf.

„Was soll das heißen?" wiederholte ich. „Hier steht: ‚Von dem Fahrer, der den Sechsjährigen lebensbedrohlich verletzte, fehlt noch immer jede Spur.'"

„Fahrerflucht", sagte sie kurz.

„Nein – das ... das kann doch nicht sein ..."

Sie nickte nur.

„Aber ... der Junge hätte tot sein können", rief ich entsetzt.

„Reg dich nicht auf. Das bringt doch nichts ..."

„Wußtest du davon?"

„Ja. Cary hat es mir gleich am ersten Abend gesagt, als du wieder hier warst. Er hat sofort Anzeige erstattet. Aber es hat noch nichts gebracht."

Ich war fassungslos. Wie konnte man so etwas tun? Wie konnte man so handeln? Wie konnte man nach so einem Unfall ein ruhiges Gewissen haben, noch dazu, wenn man Fahrerflucht begangen hatte?

„Ich würde ihn bestimmt wiedererkennen", sagte Ricky erregt. Seine Großmutter hatte nicht verstanden. Er wiederholte langsam: „Ich würde ihn wiedererkennen."

Maureen sah ihn ungläubig an. „Wieso bist du dir da so sicher?"

„Weil er doch ausgestiegen ist."

„Was?" rief ich. Ricky nickte.

„Darling..." Maureens Stimme zitterte etwas. „Kannst du dich erinnern, was geschehen ist?"

„Ich glaube, ja." Wir sahen, wie er angestrengt nachdachte. „Ich war mit Conny unterwegs" – Conny war Clarkes Haushälterin –, „sie war noch im Geschäft, und ich habe gesagt, daß ich schon mal zu Daddy gehen will. Wir sollten nämlich zu ihm kommen, weil er mir doch einen Flug versprochen hatte. Conny sagte noch, daß ich auf dem Zebrastreifen bleiben soll. Und das habe ich auch getan. Du hast immer gesagt, daß ich erst warten soll und dann die Hand ausstrecken soll, wenn ich über die Straße will, Granny. Und das habe ich auch getan. Aber da war gar kein Auto. Da kam kein Auto, von keiner Seite."

„Kein Auto?" Maureen sah ihn ungläubig an.

„Ehrlich, Granny", beteuerte er. „Da war kein Auto. Und dann bin ich gegangen. Und ich war in der Mitte, glaube ich, als ganz fürchterlich Bremsen gequietscht haben. Ich wollte mich umdrehen, weil ich doch wissen wollte, wo das herkam, und dann..." Er zuckte heftig zusammen. Ich legte den Arm um seine Schultern und drückte ihn fest.

Maureen nickte. „Er muß durch den Aufprall in hohem Bogen durch die Luft geflogen sein. Es gibt einen Augenzeugen, er hat ausgesagt, das Auto sei erst einen Meter hinter dem Jungen zum Stehen gekommen."

„Und da ist der Mann ausgestiegen", warf Ricky ein. „Das habe ich noch mitbekommen. Er hat sich über mich gebeugt. Und mir hat doch alles wehgetan, und da habe ich ‚Au' gesagt, oder so was. Und da hat er ‚Verdammte Scheiße' gesagt …"

„Und dann?"

„Mehr weiß ich nicht, Granny. Es hat doch alles so wehgetan." Ich strich ihm die Haare aus der Stirn. „Aber ich würde ihn wiedererkennen. Er hatte so einen komischen Bart … Und er hat gestunken …"

„Gestunken? Wonach?"

„Weißt du, er hat so gestunken, wie Onkel Brian, der immer kommt, wenn du hier bist …"

Maureen sah mich an. „Alkohol."

Das hatte ich mir gedacht. Wie sonst konnte ein Mensch so handeln?

„Ob das eine Hilfe für die Fahndung sein könnte, wenn Ricky das der Polizei erzählt? Vielleicht könnte man ein Phantombild machen?" Fragend sah ich Maureen an.

Sie hob leicht die Schultern. „Wir hören am besten, was Cary sagt. Ich bin mir nicht sicher, ob wir Ricky das zumuten sollen. Recht wird so oder so gesprochen werden, dessen bin ich mir sicher."

18

Doktor Rogers hielt Wort. In der nächsten Woche wurden die Fäden am Kopf gezogen, und Ricky konnte nach Hause kommen. Er war glücklich, wenn er auch durch das Gipsbein noch ziemlich eingeschränkt war.

„Auf jeden Fall brauchst du keinen Rollstuhl", meinte Maureen und konnte damit die Ungeduld ihres Enkels erheblich mindern.

Wir waren alle unendlich dankbar über das gute Ende dieses tragischen Unfalls; und keiner von uns vergaß, diesem Dank auch immer wieder im Gebet Ausdruck zu geben. Trotz allen Leids hatten wir

Gottes Fürsorge erfahren. Und für uns war Rickys Genesung wie ein Wunder – und die göttliche Erhörung unserer Gebete.

Wir beschlossen, Ricky keinen Verhören mehr auszusetzen, auch auf die Gefahr hin, daß dieser Unfall nie aufgeklärt werden würde. Die Chance, daß er jenen Mann wirklichkeitsgetreu beschreiben konnte, war doch sehr gering. Und so kehrte langsam aber sicher der Alltag in Beverly Hills ein. Ich selbst empfand es nicht so, denn dieser Alltag sah so ganz anders aus als das, was ich gewohnt war.

„Laß dich einfach darauf ein", riet Maureen.

„Es wird mir nichts anderes übrigbleiben", seufzte ich.

„Tut es dir leid, daß du mit mir gekommen bist?" Sie sah mich forschend an.

„Nein, aber dies ist eine total fremde Welt für mich."

„Das stimmt." Plötzlich lächelte sie. „Stell dir vor, du wärst in Cobh geblieben. Vielleicht ständest du jetzt vor 33 Jugendlichen und würdest dich mit deutscher Grammatik herumschlagen. Vielleicht hättest du auch schon im Kloster vorgesprochen ..."

Ich mußte lachen. „Das ist alles so weit weg, Maureen."

Sie nickte. „Das wundert mich nicht ..."

Ich umarmte sie fest und küßte sie auf die Wange. „Danke ..."

„Manchmal ist das so: Ein anderer erkennt viel schneller und sicherer, was Gottes Wille für mein Leben ist, als ich selbst." Sie schmunzelte. „Aber danke nicht mir, danke *ihm*. Er hat schon viel Geduld mit dir."

Ja, es blieb mir wirklich nichts anderes übrig, als mich auf diese so gänzlich neue Welt einzulassen. Ich konnte mich nicht einfach ausschließen. Außerdem wurde ich in alles Tun wie selbstverständlich einbezogen, so daß ich gar keine andere Wahl hatte – selbst wenn ich es gewollt hätte.

Da war vor allem Ricky, der mir immer wieder deutlich zu verstehen gab, daß er noch nicht gesund war und deshalb meine ganze Fürsorge beanspruchen durfte. Da war Maureen, die meine Hilfe brauchte; und wir waren längst so aufeinander eingespielt, daß wir bei all den nötigen Handreichungen und Hilfestellungen kaum noch eine verbale Verständigung brauchten. Sie vertraute mir vorbehaltlos, und das freute mich mehr als jedes Kompliment.

Doktor Rogers hatte recht behalten. Hollywood wußte, daß die O'Rourke da war; und das brachte viele Verpflichtungen mit sich, denen sich Maureen gar nicht entziehen konnte. Natürlich war auch ich davon betroffen, da ich fast ständig an ihrer Seite war, wenn wir außer Haus gingen.

Und schließlich war da – neben Maureen und Ricky – auch Cary Clarke. Sein Verhalten mir gegenüber hatte sich seit Rickys Rückkehr verändert. Er war zuvorkommend, liebenswürdig und versuchte immer, mir mögliche Wünsche von den Augen abzulesen. Er suchte meine Nähe und war, so oft es seine Aufgaben zuließen, zu Hause. Er fand aber auch immer wieder Gelegenheiten, mit mir allein zu sein, mir seine eigene Welt nahezubringen – „damit du mich besser kennenlernst!"

Er machte mich mit seiner Agentur bekannt. „Diese Adresse wird angegeben, wenn jemand nach der Autogrammadresse von Maureen O'Rourke fragt", erklärte er. „Ich sammle dann die Briefe und schicke sie nach White Shamrock."

„Ja, das hat mir Kathy schon erzählt. Aber das ist doch sicher nicht alles, was du hier tust?"

Er lachte. „Nein, hier ist die Kontaktadresse für noch viele andere bekannte Hollywoodstars. Sieh dich nur um. Manche wirst du sicher noch kennenlernen. Nicht alle sind so wie Mama und beantworten die Post selber. Oft müssen wir das tun. Es kommt dann auch schon mal vor, daß wir einen Antwortbrief schreiben und einfach das Faksimile druntersetzen."

Er führte mich zu den verschiedenen Fächern. Viele der dort aufgeführten Namen kannte ich. Einige Briefe lagen auch im Fach „O'Rourke". Er steckte sie ein und nahm meinen Arm.

„Und jetzt zeige ich dir, was den größten Teil meiner Zeit beansprucht."

Wir fuhren einige Kilometer durch Los Angeles, bis wir vor einem der großen Wolkenkratzer parkten. Als wir ausstiegen, deutete er auf die Leuchtreklame über dem großzügig gestalteten Eingang. Ich las: „LC-Airlines".

„Eine Fluggesellschaft?"

Cary nickte. „L steht für Lacy und C für Clarke. Luke Lacy, Mamas Ehemann, hatte diese Fluggesellschaft gegründet. Als sie aus dem Filmgeschäft ausstieg, stieg sie hier mit ein. Seit er tot ist, hat sie Lukes Anteil und die Geschäftsführung auf mich überschrieben."

„Ach, das meinte Ricky, als er von dem Flug sprach, den du ihm versprochen hast ..."

„Ja", lachte er. „Wir haben ein paar eigene Maschinen. Wir machen nur Kurzflüge. Aber auch die werden gebraucht. Und da unsere Preise annehmbar sind, können wir nicht klagen."

Cary Clarke zeigte sich mir als ein Mann, den man auf den verschiedensten Gebieten „einsetzen" konnte. Es blieb nicht aus, daß Maureen auch zu Abendveranstaltungen eingeladen wurde – und natürlich hatten wir keine passende Kleidung da.

„Cary, wir brauchen etwas zum Anziehen", stellte sie fest. „Am besten geht ihr beide los und besorgt für Rebecca und mich vernünftige Abendgarderobe."

Ich sah sie skeptisch an. Sie lachte. „Cary ist dafür zu gebrauchen. Er hat einen fabelhaften Geschmack."

Also machten wir uns auf den Weg. Cary führte mich in eines der exklusivsten Modegeschäfte, die er kannte. Als ich eine Bemerkung zu den Preisen machen wollte, machte er nur eine wegwerfende Handbewegung. Er betrachtete mich nachdenklich.

„Zu deinem schwarzen Haar paßt eigentlich jede Farbe. Was hältst du von Grundton weiß? Wir müssen ein Kleid finden, das deine ganze Schönheit zum Ausdruck bringt – und das trotzdem nicht dazu verführt, daß alle Männer Hollywoods vor dir in die Knie gehen."

Ich mußte lachen. „Cary, du bist verrückt."

„Du wirst schon sehen. Aber ich möchte nicht plötzlich mit einer

Menge Konkurrenten zu tun haben ... Deshalb müssen wir vorbeugen."
Er grinste. „Oder hast du vergessen, daß *ich* dich erobern möchte?"
„Nein", sagte ich, noch immer lachend. „Das habe ich nicht vergessen."

Ich war erstaunt, mit welcher Sicherheit er ein Kleid für mich aussuchte. Er hielt es mir an und schnalzte mit der Zunge.
„Anprobieren brauchst du nicht. Das steht und paßt dir."
„Wenn du meinst." Ich unterdrückte ein Lächeln. „Und jetzt noch Mama."

Er hielt inne, sah mich überrascht an. „Was?"

Mir war nicht bewußt geworden, was ich gesagt hatte. Erst einige Zeit später erinnerte er mich daran. Damals wiederholte er nur: „Was hast du gerade gesagt?"

„Wir brauchen noch etwas für Maureen."

Cary nickte ein wenig irritiert. Doch dann fand er schnell wieder zu seiner munter-ausgelassenen Haltung zurück. „Sie liebt blau. Das paßt auch sehr gut zu ihren roten Haaren."

Maureen war zufrieden mit dem blauen Kleid, das er für sie ausgesucht hatte.

Am nächsten Tag war es dann soweit. Je näher der Abend kam, um so unruhiger und nervöser wurde Maureen. Als wir im Badezimmer waren, fiel ihr die Puderdose auf den Fußboden.

„Ach, verflixt ..."

„Du bist nervös", stellte ich fest.

Sie strich sich eine Haarsträhne aus der Stirn. „Du hast recht. Ich war lange nicht mehr auf so einer ... Party. Die vielen Menschen ... Ich weiß nicht, ob ich das hinkriege." Sie sah mich fest an. „Bitte, bleib an meiner Seite, ja? Ich brauche dich."

„Natürlich", entgegnete ich munter und versuchte so, meine eigene Anspannung herunterzuspielen, „das ist doch gar keine Frage."

Sie reichte mir aus ihrer Schmuckkassette eine Kette und einen einfachen Ring und fuhr dann ins Wohnzimmer. Ich beeilte mich, daß auch ich fertig wurde. Schließlich stand ich vor dem Spiegel und – staunte, wie sehr mich die neue Frisur und das Abendkleid verändert hatten. Mit der Kette in der Hand ging ich ins Wohnzimmer.

„Maureen, ich bekomme den Verschluß nicht auf …"

„Du siehst wunderbar aus, Darling." Sie zwinkerte mir zu. „Cary wird aufpassen müssen."

„Den Eindruck habe ich auch", meinte Cary anerkennend, nahm Maureen die Kette aus der Hand und legte sie mir um.

Plötzlich faßte sie mich am Arm und deutete lächelnd zur Tür hin. Ich wandte mich um. Ricky lehnte schweigend an der Wand und starrte mich mit offenem Mund an.

„Ricky! Was ist denn?" Ich lief zu ihm hin und ging vor ihm in die Hocke. Langsam zog er seine Hand aus der Hosentasche, und ganz vorsichtig streichelte er mir die Wange.

„Bist du schön, Mummy!" Er sagte es so leise, daß ich es kaum verstehen konnte.

Lachend umarmte ich ihn. „Danke, junger Mann. Das ist bestimmt das schönste Kompliment, das ich heute abend bekomme."

Dieser Abend wurde ein Erlebnis ganz eigener Art. Meine Rolle hatten wir vorher auf meinen Wunsch hin überdacht. In der Hoffnung, daß keiner da sein würde, der mich in den letzten Wochen als Mrs. Clarke kennengelernt hatte, schlüpfte ich jetzt in den Namen Lacy – „Wirringer kann kein Amerikaner aussprechen", stellte Maureen fest – und in die Rolle einer entfernten Verwandten der O'Rourke.

Ich lernte viele Menschen kennen – Frauen und Männer, die mir aus Film und Fernsehen bekannt waren, vor allem die älteren unter ihnen, die schon zu meiner Jugendzeit berühmt waren. Meist stellte Maureen mich vor. Tat Cary es, dann nahm er meist meinen Arm dabei und machte damit eine gewisse Zusammengehörigkeit deutlich. Überhaupt empfand ich eine tiefe Verbundenheit mit diesen beiden Menschen – so sehr, daß ich dachte, man müßte es uns ansehen.

Ich blieb so gut es ging an Maureens Seite. Sie war über ein Jahr nicht in Hollywood gewesen. Nun erlebte ich hautnah die Begeisterung mit, die ihr Kommen auslöste. Es war nur zu deutlich, wie sehr man sie schätzte und liebte. „Vielleicht kommt das daher, daß ich zur richtigen Zeit abgetreten bin", schmunzelte sie.

Ihr wurde eine solche Bewunderung und Anerkennung entgegengebracht, daß sicher manche jüngere und „aktuelle" Schaupielerin sie darum beneidete. Ich spürte, daß ihr das guttat, und versuchte, sie beweglich zu halten, bis sie mir ein Zeichen gab, daß ich ihr einen festen Platz suchen sollte.

Ich wollte uns etwas zu trinken holen. Als ich zurückkam, standen einige ihrer alten Freunde bei ihr und suchten das Gespräch. Mit einem Blick sah ich, daß die Kommunikation so nicht gelingen konnte. Von mehreren Seiten redeten sie auf Maureen ein, was sicher unter normalen Umständen kein Problem gewesen wäre. So aber konnte sie nicht reagieren, weil sie den Sprechenden gar nicht im Blick hatte.

Ich drängte mich mit meinen beiden Gläsern an der einen Seite vorbei, machte mir mehr Platz, als nötig gewesen wäre, erreichte aber damit, daß die Herren etwas näher zusammenrückten. Ich reichte Maureen das Glas. Ihr Blick verriet mir, wie hilflos sie sich vorkam. Daraufhin stellte ich mich hinter den Rollstuhl, und als das Gespräch wieder in Gang kam, berührte ich sie im Rücken, entweder rechts oder links, je nachdem welcher Gesprächspartner gerade an der Reihe war. Wenn es zu schnell ging, reagierte ich durch irgendeine Bemerkung, mochte sie noch so dumm sein. Mir war wichtig, daß Maureens Gegenüber seine Rede wiederholen mußte.

Ich spürte die Hochspannung, unter der Maureen stand. Sie mußte voll konzentriert sein, wenn sie dem Gespräch folgen wollte, wenn sie mitreden wollte. Je länger das anhielt – und man gewährte ihr fast keine Pause –, um so öfter passierte es ihr, daß sie nicht verstand, ja nicht einmal bemerkt hatte, daß sie angesprochen worden war. Sie wurde nervös. Ihre wachsende Hilflosigkeit, die ich deutlich merkte, tat mir weh. Wie konnte ich ihr helfen?

Plötzlich setzte ich mich auf den Stuhl neben sie und faßte meinen Kopf. Sie reagierte sofort.

„Ist dir nicht gut, Becci?"

„Ich weiß auch nicht. Mir ... mir ist so furchtbar schwindelig. Mir ... mir wird es ganz schwarz vor Augen."

Maureen ließ gleich Cary kommen. „Irgend etwas stimmt mit ihr nicht ..."

Er sah mich besorgt an. „Soll ich dich mal an die Luft begleiten? Oder soll ich dich nach Hause bringen?"

„Ich ... ich weiß nicht ...", entgegnete ich unsicher. „Es wäre schade, wenn du hier weg müßtest ..."

„So ein Unsinn", warf Maureen ein. „Cary, fahr uns nach Hause."

„Dich auch, Mama?" fragte er erstaunt. „Es ist doch noch gar nicht so spät."

„Ich möchte Rebecca nicht alleine lassen." Sie faßte die Räder des Rollstuhls und fuhr zu dem Gastgeber, um ihm unseren plötzlichen Abschied zu erklären.

Cary war sehr besorgt. Ich stützte mich schwer auf ihn, damit nach außen der Grund unseres Abgangs deutlich wurde. Er half Maureen und mir ins Auto. Auf der Fahrt wurde kein Wort gesprochen; Cary sah mich ab und zu an, um sich zu vergewissern, daß es mir nicht schlechter ging. Maureen hatte die Augen geschlossen.

Als wir zu Hause angekommen waren und er Maureen wieder in den Rollstuhl gehoben hatte, fuhr ich sie ins Haus.

„Warte, das kann ich doch machen", rief er mir nach.

Ich wehrte ab und sagte leise: „Mir fehlt nichts. Maureen geht es nicht gut." Sprachlos und irritiert blieb er zurück.

Als wir ins Schlafzimmer kamen, begann ich mit den nötigen Handreichungen, um ihr ins Bett zu helfen.

„Danke", sagte sie leise. Ich lächelte nur und bemerkte, wie ihr ein paar Tränen über die Wangen liefen. Verstohlen wischte sie sie fort. Ich kniete neben ihrem Stuhl nieder und nahm sie fest in den Arm. Sie ließ es zu und erwiderte auch die Umarmung. Nach einer Weile sagte sie nur: „Bitte, hilf mir ins Bett."

Als ich am anderen Morgen zu ihr kam, saß sie schon aufrecht in ihrem Bett. Sie lächelte mir zu. Es war wieder das ausgeglichene, zufriedene Lächeln, das ich so sehr an ihr liebte.

„Du warst gut gestern abend", lachte sie. „Sogar Cary ist dir auf den Leim gegangen!"

Ich entgegnete nichts.

„Du hast gemerkt, wie es mir ging, nicht wahr?" Sie erwartete keine Antwort. „Weißt du, Darling, ein Ja, das einmal gesprochen wird, ist nicht ein für allemal gesprochen. Das mußte ich gestern abend auch wieder erfahren. Ich habe Ja zu meinen Grenzen gesagt. Aber gestern abend wurde ich in einer Weise mit ihnen konfrontiert ... Du hast es ja gemerkt ... So weh es getan hat, ich denke, es war gut, daß er mich wieder auf den Boden geholt hat." Sie lächelte.

„Meinst du wirklich, daß man das so sehen kann?"

„O ja, mein Kind. Weißt du, es hat sicher etwas mit Demut zu tun. Ich hätte ja sagen können, daß ich nichts hören kann. Und natürlich wissen sie das auch alle. Aber ich kann nicht erwarten, daß sie daran denken, noch dazu, wenn sie mich so selten vor sich haben." Maureen lächelte. „Demut war noch nie meine Stärke – auch nicht seit ich behindert bin. *Er* weiß das sehr gut. Und *ich* weiß, daß nur die Demut den inneren Frieden und die innere Freiheit schenkt; denn Demut meint auch, daß ich die Wahrheit annehme und lebe, die Wahrheit meines eigenen Lebens."

Ich muß sie wohl sehr erstaunt angesehen haben. Maureen lachte.

„Es ist sehr schön, mit *ihm* zu leben. Aber es ist auch anstrengend und aufregend." Sie zwinkerte mir belustigt zu. „Das ist ein nicht unbedeutender Unterschied zu anderen Lebenspartnern."

19

Die Ereignisse hatten mich auf Trab gehalten. Als es allmählich ruhiger wurde, erinnerte ich mich daran, daß ich auch eine Familie hatte und meine Brüder das letzte Lebenszeichen von mir aus Irland bekommen hatten. So schrieb ich an Johannes und Fred und seine Frau und erzählte ihnen in groben Zügen, warum ich mich nun schon seit Wochen in Los Angeles aufhielt und für noch nicht absehbare Zeit hier bleiben würde.

Fred schrieb sofort zurück und lud mich über Weihnachten ein. Johannes meldete sich telefonisch und fragte, ob er zu Weihnachten zu mir kommen könne. Ich sagte sofort zu und freute mich sehr auf sein Kommen. Leider kam ihm dann doch noch in letzter Minute etwas dazwischen, so daß wir uns erst später – unter weniger erfreulichen Umständen – wiedersehen sollten.

Rickys Genesung machte schnelle Fortschritte, als er endlich auch den leidigen Gips abgenommen bekam. Doktor Rogers freute sich bei jeder Nachuntersuchung, daß der Junge den Unfall so heil überstanden hatte. Als er endlich erklärte, er brauche nun nicht mehr zu kommen, da jauchzte Ricky vor Freude auf. Längst hatte er schon wieder sein altes Gewicht erreicht. Nur selten hatte er daran gedacht, daß er ja eigentlich weniger essen wollte, damit das Ganze hinausgezögert würde.

Weihnachten rückte näher und damit auch die vielen Vorbereitungen und Heimlichkeiten, die gerade dieses Fest mit sich bringt, wenn man den Menschen, die man liebt, eine Freude bereiten will. Ricky hatte schon einige Wunschzettel auf die Fensterbank gelegt und war immer hocherfreut, wenn er sie am nächsten Morgen nicht mehr vorfand. Einmal kam er nachdenklich zu seiner Großmutter.

„Du, Granny, kann man dem Christkind auch danken?"

„Natürlich kannst du das."

„Weißt du, ich hab' nämlich gedacht, wenn ich ihm mal danke, dann erfüllt es mir vielleicht auch so ganz große Wünsche."

„So ganz unbezahlbar große, oder wie?" lächelte sie.

„Nein, welche, die man gar nicht kaufen kann …"

„Du bist ein kleiner Gauner, Ricky. Das Christkind läßt sich nicht erpressen."

„Aber versuchen kann ich es doch, oder? Vielleicht merkt es das ja gar nicht …"

Am nächsten Morgen fand Cary einen neuen Wunschzettel auf der Fensterbank – gespickt mit vielen Fehlern, denn diesmal hatte Ricky ihn ohne Grannys Hilfe geschrieben:

„Liebes Christkind, ich bin wieder gesund. Ich weiß, das hast du gemacht. Und ich danke dir tausendmal dafür. Es ist echt toll. Ich wollte dir nur sagen – eigentlich habe ich nur einen Wunsch für Weihnachten. Und den kannst nur du erfüllen. Das hat Granny gesagt, und die weiß das genau. Bitte mach doch, daß Mummy bei uns bleibt – für immer. Bitte mach doch, daß sie uns alle so lieb hat, daß sie nicht mehr weg will. Granny sagt, du kannst das machen. Danke. Dein Ricky."

Meine Augen wurden feucht, als ich den Zettel las und ihn an Maureen weitergab. Sie lächelte nachdenklich. „Das geht letztlich an deine Adresse."

„Nicht nur", sagte ich und ging eilig aus dem Zimmer.

Mit Ricky bastelte ich kleine Geschenke für Granny, Daddy und Conny. Er achtete sorgfältig darauf, daß wir dabei nicht gestört wurden und daß niemand aus Versehen in seinem Zimmer an den Schrank ging. Als der Weihnachtsmarkt eröffnet wurde, gingen wir beinahe jeden Tag dorthin, oft alleine, und fast immer fand er irgendeine Kleinigkeit, die wir für Granny mitnahmen; meistens aber waren es gebrannte Mandeln, weil sie die so gerne aß.

Nachmittags standen wir oft in der Küche und backten Plätzchen. Granny saß dabei und las Weihnachtsgeschichten vor, Ricky reichte mir alles an, was ich brauchte, und machte sich einen Spaß daraus, hinter meinem Rücken von dem Teig zu naschen. Waren die Plätzchen fertig, dann wurden einige wenige zurückgehalten, damit jeder mal probieren konnte. Die anderen wurden sorgfältig in Dosen verpackt und so in der Vorratskammer versteckt, daß Ricky ganz heimlich hin und wieder eines naschen konnte.

Am Heiligen Abend blieb Cary zu Hause, und gemeinsam schmückten wir den Baum. Granny und Ricky gaben an, was wohin gehängt werden mußte, Cary und ich brachten es an der Tanne an. Die Krippe durfte Ricky aufbauen. Am Spätnachmittag gingen Vater und Sohn spazieren, damit ich alles für unsere Bescherung vorbereiten konnte, die wir bewußt einfach halten wollten. Maureen las die Weihnachtsgeschichte aus der Bibel vor, und wir sangen ein paar Weihnachtslieder, bevor Ricky sich auf seine Geschenke stürzte. Später wollten wir zusammen in die Christmette gehen.

Cary reichte mir ein kleines Päckchen. „Ich wußte nicht so recht, womit ich dir eine Freude machen könnte. Vielleicht gefällt dir das hier. Mama sagte, daß du ein Faible für Steine hast."

Ich öffnete das kleine Geschenk. Es war ein wunderschöner Mondsteinring, der in den verschiedensten Farben leuchtete, je nachdem, wie das Licht darauf fiel.

„Der ist wunderschön, Cary", sagte ich.

Er sah mich lächelnd an.

Ich zögerte einen Augenblick, dann beugte ich mich vor und küßte ihn auf die Wange. Er reagierte sofort und hielt mich fest. Ich erwiderte seinen Blick und wehrte mich nicht, als er mich küßte.

Ich zuckte zusammen, als ich plötzlich hinter mir Klatschen hörte. Es kam von Ricky. Er lehnte an seiner Großmutter, die den Arm um ihn gelegt hatte, und strahlte uns an. Cary hatte mich überrascht losgelassen, ich war spontan einen Schritt zurückgewichen. Jetzt lächelte er mich an. Erschrocken wich ich seinem Blick aus.

Ja, ich war regelrecht erschrocken. Ich hatte den Kuß zugelassen, empfand noch im Nachhinein das Glücksgefühl, das mich ergriffen hatte, und ich spürte, daß ich für Cary mehr empfand, als ich mir bis dahin eingestanden hatte. Gleichzeitig hatte ich Angst, plötzliche Angst. Ich konnte nicht sagen, wovor. Ich wich Cary aus, vermied es, mit ihm allein zu sein.

„Du bist so unruhig", stellte Maureen fest.
Ich gab keine Antwort.
„Wovor läufst du davon?" fragte sie nach einer Weile. Unter ihrem fragenden Blick lachte ich unsicher auf, sagte aber nichts. Was hätte ich auch sagen können? Ich kannte die Antwort ja selbst nicht.
„Du weißt, daß Cary dich liebt ..."
„Er kennt mich doch überhaupt nicht", wehrte ich heftig ab. „Er weiß doch gar nichts von mir ..."
„Und warum erzählst du ihm nichts von dir?"
„Wenn er alles weiß, dann ..." Ich sprach nicht weiter, wandte mich ab.
Ich wußte nicht, ob sie mich verstanden hatte. Plötzlich jedoch sagte sie leise, aber bestimmt: „Rebecca, du mußt zu deiner Vergangenheit stehen, wenn dein Leben eine Zukunft haben soll."
Natürlich beschäftigten mich Maureens Worte. Aber ich fand nicht den Mut, auf Cary zuzugehen, um ihm von mir und meinem Leben zu erzählen. Auf der anderen Seite spürte ich, wie mich meine Vergangenheit ihm gegenüber hemmte.

Ein neues Jahr hatte inzwischen angefangen, das wir alle mit viel Hoffnung und Zuversicht begrüßt hatten. Auch wenn nicht alle Wünsche ausgesprochen wurden, so wußte ich doch, daß dieses neue Jahr Entscheidungen bringen mußte. Welche und wann – diese Fragen wollte ich nicht an mich herankommenlassen. Aber ich glaubte daran, daß ich den richtigen Zeitpunkt erkennen würde.
Ich wußte nicht, worum ich in dieser Situation in rechter Weise beten sollte. „Bleibe bei mir, Herr", das war der einzige Gedanke, den ich fassen konnte.
Cary suchte unkomplizierte Situationen, um mir begegnen zu können und mir die Begegnung mit ihm zu erleichtern. So bat er mich immer wieder, mit ihm auszureiten. Schließlich gab ich nach. Ich spürte, ich konnte nicht länger ausweichen. Und ich ahnte, daß dies eine Gelegenheit sein könnte, ihm zu erzählen ...

Eine ganze Weile ritten wir schweigend nebeneinander her. Cary schien gelöst und gelassen, ich selbst war unruhig und nervös.

„Du wirkst bedrückt, Rebecca", sagte er nach einer Weile.

Ich wich seinem Blick aus.

„Bist du nicht glücklich mit uns?" forschte er. „Du weißt, wie wir für dich empfinden. Du weißt, wie ich für dich empfinde."

„Vielleicht ist es das, Cary", entgegnete ich leise. „Du kennst mich doch gar nicht. Du weißt nicht, was für ein Mensch ich bin ..."

„Oh doch", lächelte er. „Das weiß ich."

„Aber du weißt nichts von meiner Vergangenheit ..."

„Gibt es denn etwas, das ich wissen sollte?"

Abrupt hielt ich mein Pferd an und sprang ab. Er tat es mir gleich, nahm meinen Arm und führte mich zu einem Baum. Er legte seine Jacke auf den Boden, setzte sich, und mit sanftem Nachdruck zog er mich neben sich.

„Gibt es etwas, das du mir sagen möchtest?"

Ich nickte. Er drängte nicht, sondern ließ mir Zeit. Und dann erzählte ich ihm die Geschichte mit Konrad. Er hörte schweigend zu und hielt meine Hand. Als ich fertig war, schwieg er eine ganze Weile. Ich wischte mir die Tränen ab, sah ihn unsicher an.

„Jetzt wird mir einiges klar." Er lächelte. „Deshalb hast du so reagiert, als du mich mit dem Whiskey angetroffen hast."

Ich nickte nur.

„Und deshalb hast du Angst vor mir ..."

„Ich habe keine Angst vor dir, Cary ..."

„Vor mir vielleicht nicht, aber vor der Bindung." Er hob die Hand und strich mir vorsichtig eine Träne fort. „Es sind nicht alle Männer wie er, Darling."

„Nein, Gott sei Dank nicht." Ich senkte den Kopf. „Aber jetzt, wo du alles weißt ..."

Er zögerte einen Augenblick. „Hast du ihn geliebt?"

Ich schüttelte den Kopf. „Manchmal ... manchmal denke ich, ich weiß gar nicht, was das ist ..."

Cary nahm mich in seine Arme und hielt mich einfach fest. Wir sprachen nicht, aber ich spürte, wie ich ruhiger wurde, und seine Sicherheit übertrug sich auf mich.

„Darling, laß doch die Vergangenheit vergangen sein", sagte er nach einer Weile leise. „Laß uns doch einen neuen Anfang machen. Laß uns doch unseren Weg gemeinsam weitergehen."

„Das ... kann ich ... noch nicht." Ich lächelte flüchtig, machte mich frei und sprang auf: „Komm, wir wollen weiterreiten."

„Warte doch, Rebecca."

Ich hörte ihn rufen, stieg aber eilig auf das Pferd, winkte ihm zu und stieß dem Tier die Fersen in die Flanken. Ich drehte mich noch um und sah, daß auch Cary wieder aufgestiegen war. Und dann ging plötzlich alles blitzschnell. Das Pferd scheute, bäumte sich auf. Ich konnte nicht schnell genug reagieren, stürzte zu Boden. Gleich darauf spürte ich einen dumpfen Schlag gegen den Kopf, und mir wurde schwarz vor Augen.

20

Von den nächsten Tagen weiß ich nicht viel. Als ich das erste Mal etwas zu mir kam, erkannte ich an dem aufgeregten Hin und Her der weißen Gestalten und an meiner eigenen Bewegungsunfähigkeit, daß ich mich im Krankenhaus befand. Ich nahm Maureen wahr, die an meinem Bett saß. Dann war wieder alles dunkel und kalt.

Wie aus weiter Ferne hörte ich manchmal Stimmen, die ich nicht erkannte, ab und zu Worte, die ich nicht mit Sinn füllen konnte. Ich zwang mich immer mal wieder, die Augen zu öffnen. Aber das war so mühsam. Ich war so müde, so furchtbar müde. Ich wollte nur schlafen. Laßt mich doch schlafen, dachte ich immer wieder. Es war doch alles so anstrengend. Was war anstrengend? Ich wußte es nicht mehr. Ich wußte nur noch, daß irgend etwas gewesen war ...

Drei Tage war ich bewußtlos. Tag und Nacht war eine Krankenschwester in meiner Nähe. Maureen blieb an meinem Bett und betete, sie bestürmte den Himmel mit der ganzen Kraft und Liebe ihres Herzens. So war sie auch die erste, die ich bemerkte, als ich wieder zu mir kam. Sie war etwas in ihrem Rollstuhl zusammengesunken. Ihre Hand lag auf meiner Bettdecke.

„Maureen", sagte ich leise. Sie konnte mich ja nicht hören. Ich versuchte, mit meinen Fingern ihre Hand zu erreichen. Wie Blei fühlten sie sich an, ich konnte sie fast nicht bewegen. Doch kaum hatte ich sie berührt, als Maureen wie elektrisiert aufsah. Ich versuchte zu lächeln.

„Darling!" rief sie. „Darling, bist du wach?"

Ich versuchte, eine Antwort zu geben. Sie verstand nicht. Meine Lippen formten die Worte nicht.

„Hörst du mich, Darling?" Ich nickte. Da liefen die Tränen über ihre Wangen. Sie konnte sie gar nicht so schnell abwischen. Aber sie lachte unter ihrem Weinen. „Jetzt wird alles gut, Darling. Jetzt wird alles gut."

Ich nickte und versuchte, den Druck ihrer Hand zu erwidern. Ich schloß die Augen, zwang mich, sie wieder anzusehen. Sie schüttelte lächelnd den Kopf.

„Schlaf nur, Darling, schlaf nur. Schlaf dich gesund."

Ja, ich war müde, immer noch so müde.

Es dauerte noch ein wenig, bis ich wieder soweit bei Sinnen war, daß ich antworten und reagieren konnte. Da erfuhr ich dann, daß auch Cary stundenlang an meinem Bett gesessen hatte, obwohl er doch Krankenhäuser so sehr haßte; daß Ricky mich sehr vermißte und daß auch Katherine O'Donnell und mein Bruder Johannes nach Los Angeles gekommen waren, als sie von dem Unglück erfahren hatten.

„Was ist eigentlich passiert?" fragte ich, als es mir etwas besser ging.

Maureen wußte ganz sicher: „Da hat der liebe Gott seine Hand über dich gehalten."

Cary hatte selbst schon wieder auf seinem Pferd gesessen, als er sah, wie meines scheute und mich abwarf. Er konnte nicht mehr herausfinden, warum es gescheut hatte. Er konnte auch nicht verhindern, daß es in Panik ausschlug und dabei meinen Kopf traf, bevor es laut wiehernd davonrannte. Als Cary zu mir kam, war ich schon bewußtlos. Er hob mich auf sein Pferd und ritt, so schnell es ging, zurück zur Ranch. Er hatte zuviel Angst, mich selbst im Auto zu transportieren. Es folgten Minuten bangen Wartens und voller Angst, daß alles zu spät sein könnte, bis der Notarzt die erste Diagnose stellte: schwere Gehirnerschütterung. Im Krankenhaus stellte man auch Prellungen und Schürfwunden fest, die aber weniger besorgniserregend waren.

Als Cary mich das erste Mal bei Bewußtsein antraf, konnte er vor Freude nicht sprechen. Er ging neben meinem Bett auf die Knie, küßte meine Hand und sagte immer wieder leise: „Dank sei Gott."

Als ich von der Intensivstation in ein normales Krankenzimmer verlegt wurde, durfte ich mehr Besuch bekommen. Ricky weinte nur, als ich ihn im Arm hielt. Wir sprachen kein Wort. Aber das war auch gar nicht nötig. Über seine Schulter hinweg lächelte mir Maureen zu.

Nach dem Unfall hatte Cary sofort meinen Bruder Johannes benachrichtigt. Johannes machte sich große Sorgen, und zwei Tage später war er da. Ich freute mich sehr, ihn zu sehen.

„Hallo, große Schwester", lachte er, „das hätte ich auch nicht gedacht, daß wir im Krankenhaus Wiedersehen feiern."

Ich lächelte. „Besser im Krankenhaus als im Himmel – das hätte nämlich noch länger gedauert."

Maureen schüttelte lachend den Kopf. „Ich merke, dir geht es schon wieder besser."

„Das ist typisch meine Schwester", erwiderte Johannes neckend und zwinkerte mir zu. „Aber sag mal, unter wieviel tausend Namen lebst du hier eigentlich? Wirringer kennt hier kein Mensch; Lacy – der Name steht in der Zeitung – bringt man nur mit Mrs. O'Rourke in Verbindung; und dann muß ich feststellen, daß du hier als Ehefrau von Cary Clarke liegst, ohne es zu sein. Komische Sachen sind das."

Am liebsten hätte ich gelacht. Aber das tat noch zu weh. Ich warf Maureen einen Blick zu, und sie erklärte die Zusammenhänge.

„Aha", sagte er, und dann sah er mich neugierig an.

„Was ist?" fragte ich schließlich.

„Och, eigentlich nichts. Ich bin nur wahnsinnig gespannt, ob Cary Clarke – äh, mein Schwager wird." Er sah mich vorsichtig grinsend an. „Er gefällt mir nämlich ganz gut."

„Das ist die Hauptsache", sagte ich. Eine weitere Antwort blieb mir erspart, denn die Tür wurde wieder geöffnet und Katherine O'Donnell fiel mir um den Hals. Sie hatte zufällig am Abend des Unfalls angerufen und kurzentschlossen einen Flug nach Los Angeles gebucht.

„Menschenskind, Honey, da denkt man jahrelang, du könntest kein Wässerchen trüben, und dann muß man von einer Ohnmacht in die andere fallen", rief sie. „Andere Leute sind nach Irland gekommen und fromm geworden. Aber du ..." Sie hielt inne, sah nachdenklich von einem zum anderen. Ein verschmitzter Ausdruck trat in ihre Augen. „Aber wenn ich es recht bedenke, dann bin ja ich schuld an deiner jetzigen Misere."

„Du?" Ich sah sie erstaunt und verständnislos an.

„Ja." Sie lächelte gespielt unschuldig. „Ich habe doch immer gesagt, du müßtest die alte Dame von White Shamrock kennenlernen, nicht wahr? Hättest du sie nicht kennengelernt, dann wärst du nie Cary Clarke und Ricky begegnet. Wärst du ihnen nicht begegnet, dann hättest du dich nie in die beiden verliebt. Hättest du dich nicht verliebt, dann wärst du nicht hier angetreten, als der Kleine krank war. Wärst du nicht hier angetreten, dann ..." Sie unterbrach sich. „Verstehst du, Honey? Fazit: Ich bin schuld! Kannst du mir noch mal verzeihen?"

Maureen lachte so laut auf, daß ich Mühe hatte, mich nicht anstecken zu lassen.

„Moment mal, Kathy", sagte ich, „mach dich bitte nicht zum lieben Gott."

„Was meinst du denn damit?" Sie sah mich überrascht an.

„Du hast zwar immer gesagt, daß ich die alte Dame von White

Shamrock kennenlernen müßte. Aber die Begegnung hast ja nicht du herbeigeführt, sondern …" Ich hielt inne.

„Sondern?" Kathy wartete keine Antwort ab. „Ich glaube fast, Irland hatte doch die richtige Wirkung auf dich."

Mein Bruder verstand langsam überhaupt nichts mehr. Maureen schmunzelte nur.

Es ging mir von Tag zu Tag besser. Schließlich drängte ich Doktor Rogers, mich nach Hause zu entlassen. Er tat es nur unter der Bedingung, daß ich mich konsequent schonte und wirklich dafür sorgte, daß ich die nötige Ruhe hatte. Ich versprach es ihm, und Maureen, Cary und selbst Ricky sorgten dafür, daß ich mein Versprechen hielt. Johannes blieb noch eine Weile und nahm sich des Jungen an, der die neue Freundschaft genoß. Cary sorgte sich rührend um mich, und Maureen war immer an meiner Seite.

In den Nächten lag ich oft wach und dachte nach – über mein Leben, meine Situation, meine Beziehungen und damit auch über Maureen, Cary und Ricky. Ich erkannte wie nie zuvor den roten Faden, die geheimnisvolle Führung, die mich bis hierher geleitet hatte. Ich begriff meine eigene Blindheit und Torheit in vielen Situationen und verstand jetzt das mir oft unverständliche Eingreifen Gottes. Und im Nachhinein mußte ich dieses Eingreifen wirklich immer als ein Eingreifen aus Liebe bezeichnen. Viele Wege waren schwer und schmerzlich gewesen, aber am Ende hatte die Liebe gestanden.

In den letzten Monaten wurde diese Liebe verkörpert in den Menschen Maureen, Cary und Ricky. Ohne daß ich es gewollt oder bemerkt hätte, hatte ich auf diese Liebe geantwortet; Bindungen waren entstanden, die ich – wenn ich ganz ehrlich war – nicht mehr aus meinem Leben wegdenken konnte und wollte. Ich spürte tief, daß die Entscheidung, vor der ich seit Monaten floh, getroffen werden mußte. Beinahe hatte ich das Gefühl, daß es schon gar keine Entscheidung mehr war. Hatte ich denn überhaupt noch eine andere Wahl?

Wenn ich allein an Ricky gedacht hätte, dann wäre mein Weg vorgezeichnet gewesen. Konnte ich auf diese Liebe mein weiteres Leben aufbauen? Aber da war ja nicht nur Ricky. Ich dachte an Cary, an sein strahlendes Gesicht mit den leuchtenden Augen und dem braunen Vollbart, an sein Lachen, seine Sorge für mich. Ich spürte, wie ich mich nach seinen liebevollen Worten sehnte, nach seinen sanften, vorsichtigen Berührungen, die peinlich genau darauf bedacht waren, die Grenzen nicht zu überschreiten, die ich gezogen hatte. Ich merkte, wie ich auf ihn wartete, wenn er länger fort war, wie groß die Freude war, wenn er nach Hause kam und mich mit einem zärtlichen Blick begrüßte. Ich wußte, daß ich ohne ihn nicht mehr leben wollte.

Mir kamen Maureen und Shirley in den Sinn. Von Shirley hatten beide – sowohl die Mutter wie der Ehemann – bisher wenig erzählt. Vielleicht war das gut so. Aber ich wußte, daß Cary und Shirley so etwas wie eine Bilderbuchehe geführt hatten – und das in Hollywood, wo doch Scheidungen an der Tagesordnung waren. Würde ich ihm das sein können, was sie für ihn gewesen war?

Und Maureen? Shirley war ihre Tochter gewesen. Was empfand sie bei dem Gedanken, daß ich an ihren Platz kommen sollte? Konnte unsere Beziehung so bleiben, wie sie jetzt war? Ich wollte sie nicht verlieren. Und während ich all diese Fragen durchdachte, betete ich, daß ich bald eine Gelegenheit finden würde, um einmal in Ruhe mit ihr sprechen zu können.

Diese Gelegenheit wurde uns schon am nächsten Tag geschenkt. Die drei Männer – Cary, Johannes und Ricky – hatten sich verabschiedet, um den Nachmittag einmal auf dem Rücken eines Pferdes zu verbringen. Ich lag im Wohnzimmer auf der Couch, Maureen saß in meiner Nähe in ihrem Rollstuhl. Sie hatte die Zeitung in der Hand; ab und zu las sie den einen oder anderen Artikel daraus vor.

Sie sah müde aus. Die letzten Wochen hatten sie sehr mitgenommen. Ein paar graue Fäden mehr waren in ihrem roten Haar zu finden. Und doch faszinierte es mich immer wieder von neuem, wie gut sie mit ihren fünfundsechzig Jahren aussah – und dies, obwohl ihr in keinster Weise Leid erspart geblieben war.

„Ich bin glücklich, daß ich diesen Menschen kennen und lieben darf. Danke, Herr", fuhr es mir durch den Kopf.

Sie blickte auf. Hatte sie bemerkt, daß ich sie beobachtet hatte? Fragend sah sie mich an.

„Ich habe ihm nur gerade gedankt, daß ich dich kennen und lieben darf."

Sie lächelte. „Das tue ich auch oft – im Blick auf dich."

Ich setzte mich auf. „Ich glaube, Maureen, ich muß eine Entscheidung treffen."

„Ja, das denke ich auch."

„Weißt du, ich habe in diesen Tagen sehr stark empfunden, daß ich ohne Cary nicht mehr sein kann."

Sie nickte nur.

„Wie empfindest du darüber? Ich meine ... Shirley war doch deine Tochter."

Maureen kam ein wenig näher. „Ja, das war sie. Aber sie ist dieses Jahr fünf Jahre tot. Cary ist für mich gerade nach ihrem Tod wie ein Sohn geworden, ich glaube, ich habe dir das auch schon gesagt. Und deshalb möchte ich, daß er glücklich ist. Shirley war ein wunderbarer Mensch." Sie lächelte. „Als ihre Mutter kann ich nicht anders sprechen. Und Cary hat lange um sie getrauert. Aber er ist noch zu jung, um immer alleine zu bleiben. Es wäre für mich unerträglich, wenn er sich irgend so ein Hollywoodflittchen zur Frau nehmen würde. Wenn er gar nicht mehr heiraten würde – ich weiß nicht, ob er auf Dauer so anständig bleiben würde, wie er es jetzt ist ..."

„Und, das mußt du auch wissen" – Maureen sah mich liebevoll an –, „in den Monaten, die wir beide uns jetzt kennen, habe ich dich sehr lieb gewonnen. Ich empfinde für dich wie für eine Tochter. Und muß ich da nicht sehr glücklich sein, wenn – meine Kinder zueinander finden?"

„Das hast du lieb gesagt." Ich umarmte sie fest.

„Aber ..." Sie sah mich forschend an. „Das ist es nicht allein, was dich zögern läßt, oder?"

„Nein." Ich suchte nach den richtigen Worten. „Ich weiß nicht, ob ... ob ich ihm ... Shirley ersetzen kann."

„Du brauchst sie ihm nicht zu ersetzen, und du sollst auch keine Vergleiche ziehen. Ihr müßt *euer* Leben leben, und du mußt *du* bleiben."

„Ich habe die meiste Zeit meines Lebens alleine gelebt ..."

„Ich habe die Erfahrung gemacht, daß man mit dir leben kann. Und" – sie lächelte verschmitzt – „wenn er dir dann wirklich mal auf die Nerven geht und du willst ihn eine Zeitlang los sein – nun, dann besuchst du einfach deine alte Mama in Irland."

Ich senkte den Kopf. „Das kommt noch dazu ...", sagte ich leise.

Sie hob mein Kinn an. „Ich habe dich nicht verstanden. Du mußt mich anschauen, wenn du etwas sagst."

„Entschuldige", murmelte ich. „Der Abschied von dir – der kommt noch dazu. Ich hatte mir gewünscht, mit dir zusammen ... Ich hatte mir das alles so schön vorgestellt." Meine Augen wurden feucht.

„Das ist *unser* Wunsch und Wille. Denn mir geht es genauso." Sie lächelte. „Aber wenn wir glücklich sein wollen, dann müssen wir *seinen* Willen – Gottes Willen – tun, auch wenn das Herz dabei blutet." Eine Weile sah sie mich schweigend an. Auch ihre grünen Augen wurden feucht.

„Mir fällt der Abschied von dir sehr schwer, Darling. Und es ist gut, daß der Schmerz spürbar ist. Aber der Abschied gehört zu unserem Leben – ganz gleich, wie er aussieht. Immer ist es wie ein kleiner Tod. Und die vielen Tode, die wir in unserem Leben erfahren, bereiten uns für unseren letzten großen Tod, der uns ans Ziel bringt. Eines haben alle diese Tode gemeinsam: Am Ende steht die Auferstehung – auch am Ende eines jeden Abschieds, Darling, das dürfen wir nie vergessen. Und auch diese kleinen Tode müssen in der rechten Haltung gestorben werden."

21

Unbewußt hatte sich mein Verhalten Cary gegenüber nach diesem Gespräch mit Maureen verändert. Ich suchte seinen Blick, wenn er in meiner Nähe war. Immer wieder ertappte ich mich dabei, wie ich meine Hand auf seinen Arm oder seine Hand legte. Er blieb zurückhaltend, aber oft las ich in seinen Augen eine stumme Bitte. Ich wußte, daß der nächste Schritt meine Sache war.

Auch in jener Nacht lag ich wieder lange wach. Ich war unruhig, und es drängte mich aufzustehen. Schließlich zog ich meinen Morgenmantel an und ging ins Wohnzimmer. Auf dem Kaminsims brannte eine Kerze, die den Raum schwach erhellte. Die Terrassentür stand offen. Cary saß in einem der Korbsessel und sah in die dunkle Nacht hinaus. Ich zögerte einen Augenblick. Dann ging ich zu ihm und legte ihm die Hände auf die Schultern.

„Ist dir nicht zu kalt?" fragte ich.

Er schüttelte den Kopf. „Der Wind tut gut."

Eine Weile schwiegen wir. Ich spürte seine Anspannung, Erwartung.

„So haben wir schon mal hier gestanden", sagte ich und berührte mit dem Finger sein haariges Kinn. Ich spürte, wie er lächelte.

„So ähnlich", sagte er. „Seitdem hatten wir viel Zeit, uns kennenzulernen."

„Ja." Ich streichelte seine Wange. „Ich habe deine Haltung mir gegenüber schätzen gelernt … Ich habe deine Behutsamkeit und Rücksicht kennengelernt, deine Zurückhaltung und Liebe. Du bist ein guter, wunderbarer Mensch, Cary."

Er zog meine Hände auf seine Brust herunter und küßte sie. „So etwas Schönes hat noch keiner zu mir gesagt … Und ich habe erkannt, wie schön du bist, Rebecca. Du bist äußerlich schön. Aber noch viel größer ist deine Schönheit, die man nicht sehen kann – nur wenn man liebt."

Ich konnte nicht antworten. Er ließ eine meiner Hände los, an der anderen zog er mich um den Sessel herum. „Du weinst ja …"

Ich schüttelte den Kopf. Er zog mich zu sich auf seinen Schoß. Behutsam und zärtlich küßte er mir die Tränen fort.

„Weißt du jetzt, was Liebe ist?" fragte er leise.

„Ich ... glaube, ja. Wenn ich da ganz tief innen spüre, daß ich ohne den anderen nicht mehr sein will und kann. Wenn ich spüre, wie glücklich ich bin, wenn der andere mich nur anschaut, wenn er spricht und lächelt, wenn er ... Cary, ich ... ich liebe dich."

„O Darling, wie habe ich darauf gewartet!" Er umarmte mich, drückte mich fest und küßte mich. Dann hielt er mich umfangen, und ich lehnte meinen Kopf an seine Schulter.

„Manchmal habe ich gedacht, es soll nicht sein", sagte er leise. „Diese langen, bangen Stunden, als Dr. Rogers nur noch schwieg. Ich glaube, nur Maureen war überzeugt, daß alles ein gutes Ende nimmt. Und weißt du, was sie gesagt hat? ‚Man muß Gott an seiner schwachen Stelle packen, an seinem Herz: Ich habe ihm schon gedankt, daß er euch zusammengeführt hat ...'"

Ich lächelte.

Da lachte er. Es war das Lachen, an das ich später noch oft und gern dachte, das Lachen, das ich so sehr liebte, sein Lachen, das von soviel Glück und Freude sprach.

Am anderen Morgen gaben wir den anderen die Neuigkeit bekannt, mit der eigentlich alle über kurz oder lang gerechnet hatten: nämlich daß wir heiraten würden. Mit Tränen in den Augen umarmte mich Maureen.

„Dank sei Gott", sagte sie nur leise.

Johannes schloß mich lachend in die Arme. „Deine Wahl gefällt mir."

Conny gratulierte uns mit einem strahlenden Lächeln. „Es wird auch Zeit, daß wieder eine Frau ins Haus kommt."

Und Ricky? Er war am Tisch sitzengeblieben und hatte sprachlos das fröhliche Treiben verfolgt. Cary sah ihn überrascht an.

„Hallo, junger Mann! Was ist denn mit dir los?"

Er rutschte von seinem Stuhl herunter und kam zu mir. Ich ging vor ihm in die Hocke. „Was heißt das denn?" fragte er vorsichtig.

„Das heißt", sagte ich, „daß der liebe Gott dein Gebet erhört hat."
„Wie?" Er sah mich ungläubig an.
„Ich bleibe bei euch, Darling."
„Du bleibst ...? Ehrlich? Ganz ehrlich?"
Ich nickte und mußte über seine Überraschung und Unbeholfenheit lachen. Plötzlich fing *er* zu lachen an, und die Tränen liefen ihm über die Wangen. Er warf mir die Arme um den Hals, rannte zu seiner Großmutter, küßte sie laut auf den Mund, rannte zu seinem Vater, der ihn auf den Arm nahm. Ricky zappelte und wollte wieder auf den Boden. Er rannte durch das ganze Haus, und immer wieder hörten wir, wie er laut rief: „Du bist echt toll, lieber Gott!"

Wir hatten uns wieder an den Kaffeetisch gesetzt und versuchten, alle Fragen abzuwehren, die uns gestellt wurden und über die wir uns überhaupt noch keine Gedanken gemacht hatten.

Cary drückte meine Hand. „Ich denke, Becci muß erst wieder ganz fit werden, bevor wir die nächsten Schritte planen."

Ich wollte protestieren, doch er schüttelte lächelnd den Kopf. „Wir halten uns an das, was Dr. Rogers gesagt hat. Wenn du nicht ganz gesund bist, dann – dann heirate ich dich nicht."

Johannes lachte. „Womit die Fronten sofort geklärt wären."
„Oder auch nicht!" Maureen zwinkerte mir schmunzelnd zu.
Plötzlich kam Ricky angerannt und kam kurz neben mir zum Stehen. „Mummy! Daddy! Kriege ich jetzt auch Geschwister?"

„Wie?" Ich sah ihn überrascht an und dann etwas unsicher zu Cary hinüber.

„Ja", sagte Ricky ernsthaft. „Daddy hat immer gesagt, das geht erst, wenn ich eine Mutter habe. Aber die habe ich doch jetzt, oder? Kriege ich auch Geschwister?"

Cary beugte sich etwas nach vorn, legte dabei wie zufällig seine Hand auf meine. „Wieso *Geschwister*? Wieviel willst du denn?"

„Ich habe so an ... vier gedacht."

Maureen fing laut zu lachen an. „Da steht dir ja noch einiges bevor, Becci!"

Ricky legte nachdenklich fragend den Kopf zur Seite. „Wieso?"
Ich strich ihm die Haare aus der Stirn. „Darling", sagte ich vorsichtig, „meinst du nicht, daß das etwas ... etwas viel ist?"
Er schüttelte den Kopf. „Nee, ehrlich nicht. Weißt du, es gibt so viele Kinder, die keine Mummy oder keinen Daddy haben. Und wenn es dann so eine liebe Mummy gibt wie dich und so einen guten Daddy wie Daddy, – ich finde, dann müßten doch viele Kinder was davon haben, oder?"
Gegen diese Argumentation waren wir alle machtlos. Lachend umarmte ich ihn.

22

Zwar dauerte es noch eine Weile, bis Doktor Rogers mir die Bescheinigung „Gesund" ausstellte, aber Pläne wurden natürlich trotzdem schon gemacht. Wir waren einfach zu glücklich, um nur den Augenblick zu leben.

Da war vor allem die Frage, wo wir heiraten sollten. Cary überließ mir die Entscheidung.

„Vielleicht ist das nicht so einfach für dich. Deine Verwandten leben ja in Deutschland."

Ich lächelte. „Aber ich glaube, ich habe den gleichen Wunsch wie du."

Er lachte, und wie aus einem Mund sagten wir: „White Shamrock." John O'Flaherty, da waren wir uns ebenfalls einig, sollte die Trauung vornehmen.

Maureen freute sich sehr, als sie das hörte.

„Und darf ich einen Terminvorschlag machen?" Sie schmunzelte. „Ich werde doch im Sommer sechsundsechzig. Wäre das nicht ein nettes Geschenk, wenn ich an diesem Tag noch mal Mutter werde?"

Der Vorschlag gefiel uns. Bis dahin war auch noch etwas Zeit, um die nötigen Vorbereitungen zu treffen. Ich selbst war sehr froh, daß ich Hollywood entfliehen konnte. Es genügte, daß die Zeitungen schon die Neuigkeit von der Wiederverheiratung Cary Clarkes gebracht hatten. Auf den ganzen Rummel, den die Hochzeit mit sich bringen würde, konnte ich gut und gerne verzichten. „In aller Stille in White Shamrock" – das war unsere Devise.

Zehn Wochen vor dem festgesetzten Termin flogen Maureen und ich nach Irland zurück. White Shamrock erwartete uns im alten Glanz. Nancy hatte in den vergangenen Monaten die Stellung gehalten. Ich selbst blieb eine Woche dort. Nun zog ich offiziell aus dem O'Donnellschen Haus aus und nach White Shamrock um.

Dann nahm ich für drei Wochen Abschied von Maureen, um meine Familie in Deutschland zu besuchen. Johannes war schon bald nach jenem Morgen zurückgekehrt. Kurz darauf hatte ich Post von Fred bekommen, der mir herzlich gratulierte und hoffte, daß ich mich doch noch einmal bei ihnen sehen lassen würde, bevor ich mich endgültig nach Amerika „absetzte".

Die drei Wochen in Deutschland wurden mir lang. Aber sie reichten gerade aus, um alle meine persönlichen Angelegenheiten zu klären. Cary und Ricky riefen fast jeden zweiten Tag an. Es war ein wunderbares Gefühl, um diese beiden Menschen zu wissen. Gleichzeitig empfand ich es schmerzlich, diesen Weg der Verständigung nicht mit Maureen nutzen zu können. Statt dessen hielt so manches Telegramm die Verbindung.

Als ich wieder in Irland war und die Vorbereitungen für die Doppelfeier begannen, genoß ich es, noch einige Wochen mit ihr allein zu sein. Diese Zeit war für mich ein besonderes Geschenk, das mir unsere tiefe Verbundenheit deutlich machte. Ich wußte, ich hatte in ihr einen Menschen gefunden, der immer an meiner Seite bleiben würde und auf den ich mich hundertprozentig verlassen konnte – da mochte kommen, was wollte. Und dieses Gefühl versuchte auch ich ihr zu vermitteln.

Am Abend, bevor Cary und Ricky nach Cobh kamen, saßen wir

noch einmal allein in ihrem Wohnzimmer vor dem großen Fenster, das den Blick auf das Meer freigab.

„Hier fing alles an", sagte ich. „Es sind etwa eineinhalb Jahre her, daß ich nach Cobh kam. Aber was ist alles in dieser doch kurzen Zeit geschehen!"

Maureen lächelte. „Ich erinnere mich noch gut an den Tag, als Kathy kam und dich ankündigte. ‚Meine Freundin aus Deutschland ist gekommen', sagte sie. ‚Ich werde sie mal zu dir schicken. Typischer Fall von herzensguter Mensch, der auf einen Typ reingefallen ist, der einen auf armes Würstchen machte. Das Schlimme ist nur: sie hat mit Religion gar nichts am Hut. Übrigens, sie ist ein O'Rourke-Fan.'"

Ich mußte lachen. „Das hat sie gesagt? Und was hast du dir dabei gedacht?"

„Zunächst war ich nur neugierig. Und als nichts passierte, dachte ich schon nicht mehr daran – bis du dann kamst. Ich merkte sofort, wie es um dich stand."

„Sicher auch, weil ich dich nicht erkannt habe ..."

„Na ja, ich wußte natürlich, daß ich älter geworden war. Aber ich hatte doch noch sehr viel Ähnlichkeit mit früher." Sie schmunzelte. „Es mußte dir also sehr schlecht gehen. Ja, und dann begann unser gemeinsamer Weg."

„Das war nicht einfach. Du hast mich ganz schön 'rangenommen."

„Nicht ich, Darling. Ich war nur Werkzeug." Sie lächelte. „Weißt du, ich habe noch nie so sichtbar erlebt, wie Gottes Gnade in einem Menschen wirkt. Sichtbar, ja. Ich konnte dir ansehen, wie er an dir und mit dir arbeitet und – wie du mit ihm gekämpft hast. Und heute? Heute habe ich einen Menschen vor mir, der auf diese Gnade Gottes vertraut."

„Ja, das stimmt." Ich sah nachdenklich zum Fenster hinaus. In den letzten Monaten war das Gebet, der Glaube und das Wissen um diese göttliche Gnade zu dem Halt geworden, den ich brauchte, um all die Schwierigkeiten zu überstehen und – mit Sinn zu füllen.

Maureen hatte plötzlich ein kleines Päckchen in der Hand. „Das ist für dich", sagte sie nur.

Überrascht nahm ich es an und öffnete. Es war Maureens kleine Bibel, die sie mir am Anfang unseres gemeinsamen Weges ausgeliehen hatte.

„Oh, Maureen ..."

„Ich denke, daran hast du mehr Freude als an einer neuen."

Ich umarmte sie. „Da hast du recht. Danke, Mama ..."

Sie lächelte. „Das hört sich gut an aus deinem Mund."

Ich mußte sie noch einmal fest drücken. Ich spürte, wie mir die Tränen kommen wollten. Schnell öffnete ich das Büchlein. Ein kleiner Zettel fiel heraus, den ich zur Hand nahm.

„Führung und Fügung setzen ein, wenn eine Gewißheit da ist. An ihr befestigen sie sich, und langsam unterliegt unser Leben einem verborgenen Plan. Wir brauchen ihn nicht zu kennen; er setzt sich durch, insofern wir gehorsam sind."

Einen Augenblick schloß ich die Augen.

„Als ich dir dieses Wort das erste Mal zeigte, gabst du mir den Zettel zurück. Ich höre dich noch sagen: ‚Wir haben da sicher verschiedene Auffassungen. Diesen Gedanken kann ich einfach nicht nachvollziehen.'"

Ich nickte. „Und du hast gelächelt und gesagt: ‚Aber Sie haben dieses Wort gelesen.'"

„Und?" Sie sah mich fragend an.

Ich nickte. „Ich habe noch oft daran gedacht. Und heute – heute weiß ich, wie wahr es ist. Durch dich habe ich gelernt, welche Gewißheit gemeint ist: die innere Sicherheit, daß Gott die Liebe ist und uns nur gut will. Wenn ich daran glauben kann und dann tue, was er von mir verlangt, dann setzt sich dieser Plan durch; dann bekommt mein Leben einen roten Faden."

Maureen blickte mich glücklich an und küßte mich auf die Wange. „Oh Darling, bewahre dir diesen Glauben, ganz gleich, was kommen mag, ganz gleich, was dir auf deinem Weg noch begegnen wird. Was es auch sein mag, letztlich ist es immer Gott. Glaube mir, nur wenn wir ihn als ... als Regisseur unseres Lebens anerkennen, nur dann kann unser Leben gelingen. Woher sollen *wir* denn wissen, was für uns gut ist? Er hat doch den Überblick."

„Ja", sagte ich langsam. „Was da noch kommen mag ... Manchmal ..."
Schnell legte sie mir ihre Fingerspitzen auf den Mund. „Bei keiner Entscheidung – und schon gar nicht bei der Entscheidung für einen Lebenspartner – wirst du hundertprozentige Sicherheit haben, Darling. Dann brauchten wir den lieben Gott ja gar nicht mehr." Sie lächelte. „Aber wenn wir mutig vorangehen, wächst die Sicherheit."

Nach einer Weile sagte sie: „Es gibt keine Rosen ohne Dornen, Becci. Und auf jeden sonnigen Weg fallen einmal Schatten. Es gibt kein Leben ohne Kreuz, das mußt du ganz realistisch sehen. Aber wir können uns das Kreuz, das uns auferlegt ist, groß oder klein machen. Das kommt auf unsere Haltung an. So wie wir es uns machen, so haben wir es dann auch. Tatsache ist, daß Gottes Kreuz unsere Kraft nie übersteigt. Es kann unsere Kraft nicht übersteigen, weil er ja mit uns ist."

„Seine Gnade genügt ...", fügte ich hinzu.

„Dieses Wort bedeutet dir viel, nicht wahr? Halte an ihm fest. Vielleicht ist das deine persönliche Berufung, wie es auch die meine war."

„Wie meinst du das?"

Maureen lächelte. „Ich habe dir schon früher davon gesprochen – von der persönlichen Berufung, die jeder Mensch hat. Diese Berufung müssen wir leben – mit *ihm*. Und wir beide, wir müssen zeigen, daß es stimmt – daß seine Gnade und Liebe genügen, um das Leben zu bestehen und – gut zu leben."

Eine ganze Weile schwiegen wir miteinander. Ich dachte zurück an den Beginn unserer Begegnung, an meine Haltung ihren Worten gegenüber. Es waren ihr Beispiel, ihre Persönlichkeit gewesen, die mich angesprochen hatten. Die mich geöffnet hatten für diese andere Welt. Aber war es nicht im Grunde die Welt, in die wir als Menschen hineingehörten? Alles andere, das heißt ein Weg, der an dieser Welt vorbeiführte, war ein Irrweg, der nicht zur Fülle des Lebens führen konnte. Mein eigenes Leben hatte mir das gezeigt. Ich hatte auch erfahren, daß Umkehr möglich war, wenn man diesen Schritt entschieden tat.

Ich hatte erkannt, daß die Sehnsucht nach dem Mehr, von der ich schon bei unserer ersten Begegnung gesprochen hatte, in mein Leben hineingehörte, denn in jedem Menschen lag sie verborgen, ob er es wahrhaben wollte oder nicht. Für mich hatte diese Sehnsucht einen Namen bekommen: Es war die Sehnsucht nach Gott, und diese Sehnsucht mußte und wollte gelebt werden. Ich durfte es tun, indem ich liebte und geliebt wurde.

War das Leben nicht ungeheuer einfach, wenn man es mit Gott lebte?

Maureen lachte. „Einerseits ja. Aber du bist vor seinen Überraschungen nie sicher. Ständig fordert er dich heraus und erwartet deine Antwort. Mit ihm zu leben, das ist alles andere als langweilig – gerade dadurch bekommt alles einen Sinn."

Ich hockte neben ihrem Rollstuhl und lehnte an ihren Beinen, so wie Ricky es oft tat, wenn sie ihm Geschichten erzählte, auch biblische Geschichten, die er so gern hörte.

„Geben Sie mir die Hand, und wir gehen gemeinsam. Es lohnt sich", wiederholte ich plötzlich ihre Worte, die sie vor langer Zeit einmal zu mir gesprochen hatte.

„Dieses Wort gilt, Darling: Wir gehen auch in Zukunft gemeinsam; und es lohnt sich." Sie lächelte. „Uns kann gar nichts mehr trennen. Auch wenn der Abschied schwerfallen wird – in *ihm* sind wir eins."

„Das hast du lieb gesagt. Ja, ich glaube auch daran. Und es tut gut, das zu wissen." Ich mußte plötzlich lachen. „Wenn ich so zurückdenke an diesen Weg, den ich seit meiner Ankunft in Cobh gegangen bin, dann kommt mir alles vor wie ein Roman."

„Schreib ihn nieder, und …", Maureen lachte, „… und wenn er verfilmt wird, dann spiele ich die Hauptrolle."

„Du, Mama, ich nehme dich beim Wort!"

„Das kannst du auch." Sie schmunzelte. „Das letzte Wort spricht ohnehin ein anderer." Sie zwinkerte mir zu.

Wir sahen uns an; und ich spürte, wieviel noch gesagt werden wollte, ohne daß wir es in Worte fassen konnten.

„Ich bin glücklich, Becci, daß es dich gibt", sagte sie plötzlich leise lächelnd. Dann hob sie ihre Hand und machte ein Kreuz auf meine Stirn, ganz langsam und ganz bewußt.

„Möge Gott auf dem Weg, den du gehst, vor dir hereilen, das ist mein Wunsch für deine Lebensreise. Mögest du die hellen Fußstapfen des Glücks finden und ihnen auf dem ganzen Weg folgen."

Maureen beugte sich vor und küßte mich.